瓷韵南胜　云上欧寮

吴福强　主编

海峡出版发行集团 | 海峡文艺出版社

编 委 会

序 我在欧寮村的日子

◎ 吴福强

2021 年 7 月，根据福建省委的统一部署，我来到平和县南胜镇欧寮村，开启了驻村书记的工作和生活。

欧寮，体验山清水秀的绿色家园。这里有闻名遐迩的太极峰，有声名鹊起的神摇漂流。境内山地林木葱茏，竹木资源丰富，四季花果飘香。

欧寮，感受红色文化的精神家园。辖内有中共闽粤边特委机关旧址（党）、靖和浦边区苏维埃政府旧址（政）、红三团指挥部旧址（军）等多处革命遗址，是闽南地区唯一一个集党、政、军大机关旧址为一体的革命老区基点村，是平和县经省委方志办认定的两个中央红军村之一。靖和浦苏区革命历史陈列馆、红三团指挥部陈列馆、毛底山红军瞭望哨塔等经过打造的红色文化公共空间，使得"红色欧寮"先后入列漳州市党员教育培训（主题党日活动）现场教学点、省直机关主题党日活动基地、全国红色美丽村庄。

在欧寮驻村工作两年多的日子里，我牢记"绿水青山就是金山银山"的生态理念，带领欧寮村党支部和广大村民同呼吸，共命运，撸起袖子加油干，逐步实施，逐项落实，逐渐展开乡村振兴新画卷，努力探索打造强村富民的新样板，向广大村民交出一份美丽的答卷。

造血，给偏僻山村的发展注入希望

来到距离省城福州 400 公里外的平和县南胜镇欧寮村驻村，虽早有心理准备，但从南胜镇区前往欧寮村这段 21 公里长的陡峭山路还是给了我一个下马威。正值夏日暴雨多发季节，路面坑坑洼洼，浓雾中无数个回头弯仿佛没有尽头。不知过了多久，在晕头转向中到达欧寮村，我正想给家人报个平安，一看手机竟没信号。前来迎接的村党支部老书记林如章说，在欧寮，遇上坏天气，手机、电视经常没信号，有时连电都用不上。这与省城相比，真是天壤之别。

然而，我并没被眼前这一幕所吓倒。次日早晨，踩着湿漉漉的地面走家串户了解村情，看到闽粤边特委机关旧址飘扬的党旗、沿途民居的红色故事墙绘，我心里沸腾了起来——老区人民贡献这么大，我有责任把欧寮建设好。

欧寮距县城 40 公里，是闽南地区唯一一个集党、政、军为一体的革命老区基点村。在革命年代，欧寮人民与党风雨同舟，涌现出诸多母亲送儿子、妻子送丈夫参军上前线的感人事迹，留下了一段段佳话。

通过细致入微的走访后，我下定了决心，一定要让欧寮撕下贫困、落后的标签。

火车跑得快，全靠车头带。迅速进入角色，选优配强村"两委"班子，村班子成员平均年龄从 47.2 岁下降至 35.8 岁，文化水平提升明显，新班子活力四射。

由于历史原因，欧寮村存在不少特困群体。我暗自决定不让一个人掉队，跑省市部门，协调有关公益机构和单位，积极争取资金，对全村 20 多人次的困难学生进行慰问，人均慰问金额超过 3000 元；逢年过节，对全村 70 岁以上老年人实现慰问全覆盖。

2022 年 2 月，了解到村民志生家的孩子患唇腭裂却无钱医治，我利用周末回省城的机会，积极联系协和医院医生，协调公益机构解决手术费、往返交通费。忙前忙后跑了几趟，事无巨细地妥善安排孩子到福州治疗事宜，顺利让患者做好唇腭裂修复手术，却没让志生家花一分钱。我经常对"两委"说，只要还有一个乡亲"掉队"，我们就不能安之若素。为此，我还与村两委共同研究制定了《欧寮村村民慰问管理办法》，不断增强乡亲们的获得感和幸福感。

经过深入了解和系统思考，我知道，若想让欧寮跟上发展步伐，就必须增强"造血"功能，走可持续发展之路，用好项目带动村民增收。我与村"两委"成功争取了省农科院连续三年下派科技特派员，指导乡亲们改变了原来粗放型蜜柚种植，引导改种沃柑等优良品种3000亩，养殖高品质粗鳞鱼6万多条。两年来，全村实施园改耕近百亩，退果还林、退果还茶1000亩，直接增加村民收入500多万元，实现传统农业转型升级。驻村以来，累计实施项目超过40个，村财固定经营性收入从不到5万元增加到60万元以上，各项民生事业蒸蒸日上，欧寮一下走上发展快车道。

活络，开拓大路扣紧社会发展脉搏

处在海拔600多米的邦寮山腹地的欧寮村历来为"路"所困。开通大路一直是压在历届村"两委"班子头上的首要任务。欧寮村老支部书记林如章说，之前，因闭塞，欧寮穷得"本地姑娘留不住，外地姑娘不愿来"。

民之所盼，我必行之。启动"舒筋活络"交通工程，筹集资金重修欧寮村到南胜镇区的道路：道路拐弯处予以捋直、狭窄处予以加宽，路肩、边沟、护坡予以加固，路面破损厉害处予以重新浇筑水泥。道路面貌焕然一新，汽车行走得更通畅了，人的心情也更舒畅了。但这还不够，我又对漂流河段沿岸加装安全护栏，有效降低村民、游客往返镇区的交通安全风险。

然而只有一条路的欧寮还是给人以"胡同底"的感觉，还是太闭塞了。通盘思考下，在县委、县政府的大力支持下，敲定了村民长久以来悬而未决的"打通欧寮通往平和县三平风景区公路"的设想，这样可以大大缩短与拥有百万香客的三平寺之间的距离，实现串点连线、抱团发展。唯如此，才能盘活欧寮旅游开发这盘大棋。

立说立行。我在省、市、县多个部门之间马不停蹄地奔走，上下沟通协调。功夫不负苦心人，2022年底，总投资上亿元的欧寮至三坪红色旅游公路获批，并全部征迁完毕。同时，打通欧寮至隔壁文峰镇柴船村的路基并拓宽至6米，大大缩减了欧寮村上国道、高速的距离。此外，还争取有关部门规划设计了欧寮至漳浦县红色旅游景点车本村的5公里旅游公路。在果园道路方面，硬化6条机耕路将近10公里，扭转了以往雨天土路泥泞，车辆难以通行，水果烂在树上的局面。在村内道路方面，硬化道路3段，实现家家户户通水泥路。

四通八达的交通路网日渐形成，又果断摁下乡村振兴发展加速键。充分发挥欧寮红色资源优势，修建提升靖和浦苏区革命历史陈列馆、中国工农红军闽南独立第三团指挥部旧址、毛底山红军瞭望哨塔。2022年9月，欧寮村以完备的红色资源成为漳州市党员教育培训（主题党日活动）现场教学点，吸引了100多家单位、超过5000多人到现场观摩学习。

如今，不仅外地姑娘愿意嫁到欧寮来，许多外地人都羡慕我们村生态好，是宜居、养生的好地方。

插翅，架设电力通信的空中桥梁

2017年，欧寮人传承闽粤边区特委敢为人先的红色基因，以党建引领，部分村民牵头，众筹成立"平和我家欧寮文旅发展有限公司"，保护性开发了拥有88米落差的被称为"矿泉水漂流"的神摇漂流。

但是，在路难走、电压低、通讯信号弱、山区网络不畅的情况下，神摇漂流一直处于"叫好不叫座"的尴尬局面。

了解到情况后，我跑遍了省、市、县的通信、电力、有线等部门，反复协调沟通，终于给偏僻的欧寮村架设起空中的桥梁：

针对通讯不畅，新建一座集三大运营商于一体的信号塔架，实现漂流河道信号全覆盖；

针对电压不足，新建一组400千瓦大容量变压器，实现了欧寮村由"用上电"向"用好电"的转变；

针对信息闭塞，实施广电高清互动云电视及宽带上网工程，让欧寮成为漳州市少有的能免费收看高清电视和免费上网的村庄；

针对村庄没有照明工程，我与村"两委"经过深入思考后，在村庄主干道及部分支干道建设了集节能路灯、广播、监控、路标、村标于一体的智慧路灯，将光明带入百姓家。

经过积极争取，欧寮村电力、通讯、网络等空中桥梁全面架设完成，如同给欧寮村插上了腾飞的翅膀。

以前电力、通讯、道路遇上恶劣天气等就时通时不通，村民称之为"小三通"，如今电力和移动及电视信号都稳定，村民们称之为"大三通"，帮村民实现了许多梦想，让大家看到了富起来、强起来的希望。

在村党支部的号召下，资源变资产，资金变股金，村民变股东。两年多来，在没有外来资本的介入下，漂流公司从最初的70户，发展到现在的167户，从最初筹集的500多万元，到如今的超过千万元，实现常住家庭家家户户入股，漂流项目跃上新台阶，连续两年营业收入达到500万元，累计分红率近40%，村民除了获得就业、分红外，还能从销售土特产获得额外增收，神摇漂流成了振兴欧寮的又一引擎。

2023年底，努力争取并实施的总投资超千万元的安全生态水系建设项目顺利竣工验收，包括河畔景观栈道、风雨廊桥、垂钓平台、儿童戏水池等，将成为游客休闲娱乐新景点。为把乡村游的盘子做大，借鉴整村创业经验，鼓励村民以闲置的旧民居使用权入股，将连片旧瓦房整体改造成既复古又现代的神摇客栈（民宿），村民不但不用花一分钱就能让年久失修、逐渐破败的旧瓦房焕然一新，而且还能按比例获取分红。再接下来，还准备开发百万年前冰臼时代形成的欧寮神奇峡谷——巨石谷。

驻村的日子，忙碌而充实。我像只蜜蜂，山里山外不停地穿梭奔走，忙得一刻也闲不下来。我更愿意自己是一头牛，沉下心来深耕这一片肥沃的土地，深耕这一片生机盎然的山水，让欧寮的明天，无论是在生态建设上，还是在精神文化上，都成为悬挂在高山顶上的一颗璀璨明珠。

以上是我在欧寮工作生活的一段剪影，是为序。

目录

第一辑 云上欧寮

激情四射的**神摇漂流**

◎ 苏丽梅 　　　　　　　　　　　　　　　　　　　　　　　（李润南　摄）

　　远远俯瞰，两山峡谷中，欧寮南溪源这湾翡翠绿的潭水，就像一滴仙人的眼泪，散发出幽远的蓝光，让人心神荡漾。

　　到这世外桃源般的邦寮山腹地，体验一次矿泉水质的清凉之旅，对所有人都有着不可抗拒的诱惑力。从天南海北慕名而来的客人，一见到这潭清流便开始欢呼雀跃，平日里的矜持全不见踪影，像一条久旱的鱼，还没来得及拍张靓照发朋友圈，便迫不及待地跳上皮划艇，跟着涌动的人群下饺子般从滚筒滑入碧波之中，开始一场纵情飞舞般的神摇漂流。

　　亲水，这是每个人从娘胎带来的记忆。突然被投放在这平静的水面上，便觉得整个人放空下来，每个人都洋溢着一股初婴般的纯真笑容，不管是熟悉的还是陌生的，大家互相微笑致意，仿佛来到初始的人间伊甸园。每只皮划艇像极一只大黄鸭，上百条皮划艇荡漾在碧波之上，大家以桨为蹼，荡漾在夏日的无上清凉之中。

　　然而，还没沉浸下来，彼此甚至还来不及照面，人们瞬间就打起水仗来。

用瓢、用桨、用水枪，甚至徒手，四处水花飞溅，冷不丁从某个方位一瓢清凉之水就浇过来。刚转身寻找目标，后方又来了一下，紧接着前后左右，几乎是四面八方同时"开火"。同时"遭敌"，谁也分不清"敌我"，甚至熟人更好下手，找不到迎战的对手就找熟人挑战，谁也不会手软，清凉凉的水一瓢瓢泼过来，一下把人浇得湿透透。快乐就像涌起的喷泉，此刻，没有嫌隙，更没有算计，只有快乐，大家尽情泼水，水花到处飞舞，平静的水面一时沸腾起来，成了欢乐的海洋。

神摇漂流早已声名远播，出发前，抖音、短视频、朋友圈，有关欧寮神摇漂流的消息如雪花般漫天飞舞。高山峡谷中，那一张张激情四射的笑脸，在一团团激流中飞舞，天旋地转中，让人感觉整个山谷都在摇荡。炎炎酷暑，到平和去消暑，到平和南胜欧寮的高山上去感受矿泉水漂流，在高密度的负氧离子的包围下，体验醉氧式的无上清凉之意，成了许多人夏日最好的选择。

大家正玩得兴起，谁知，这只是出发前的热身而已，一趟刺激火辣的漂流正等着每个来客。

嗖嗖嗖，伴随一串串尖叫，一艘艘皮划艇从丈高的激流中极速俯冲穿浪，就像瀑布上径直冲下来，心在嗓子尖，身体却被浪花包裹，水流击打与瞬间失速，在激情与速度中体验一种从未有过的"安全跌落"，所有快乐的细胞被瞬间激活，所有激情满怀释放。

但来不及感慨，很快被冲进湍急的水流中，伴着洄流，小艇左冲右突，在溪面四处打转。手忙脚乱之际，身后的皮划艇不断冲来，在波浪翻涌间，皮划艇忽前忽后，分不清你我，也分不清头尾，斗转星移般快速冲向另一个深潭。

接连穿过"俯冲穿浪"和"斗转星移"两个浪区，大家既兴奋又蒙圈，一路在波浪间跌跌撞撞，尖叫与欢笑充满整个峡谷。大家无比亢奋，正准备向下一滩激流好好搏斗一番，但很快就发现前方流速变缓，大家又悠哉了起来，眼前的景色也变得有层次、有景深，满目苍翠，分外养眼。两岸翠竹依依，芦苇茂盛；火红的金簪花，东一丛、西一簇从石壁间钻出来，格外醒目；更招人喜欢的是水底招摇的油油水草。在这条野生的溪流中是看不尽的岸芷汀兰，每个人都会沉醉其中。

然而，在这条狂野的溪面上，随时都会迎来一次转折，来一次让每个细胞都

欢呼的亲水之旅。你看，前一秒还盯着某朵野花走神，瞬间觉得重心一轻，一下冲进湍流之中，又迎来一次失速般的下坠，就跌到另一潭碧波上；然而，惊魂未定之际，又陷入急遽的俯冲；紧接着便开始像鹞子翻身一样在急流中盘旋并不断加速，在白色浪花中奔涌向前。这一连串高难度、大坡度河段被漂流发烧友亲切地称为"飞瀑洗心、仰天长啸、神龙摆尾"，首尾呼应，几乎是一气呵成，可以称为欧寮漂流的"水上三叠"。胆大的山呼海啸，胆小的胆战心惊，咆哮的浪从四面八方覆盖过来，在每个沉降与升浮的瞬间，体验水的狂暴蛮力与舒张，真是一次充满刺激的蛮荒之旅。

　　经过惊险的"水上三叠"，很快又来到"舟行碧波"上，漂流也由激昂转向了舒缓的乐章。来到一顷碧波之上，就像飞机穿越气流来到平流层一样，舒适、平缓。在这平静的水面，多适合和大自然敞开心扉交谈。然而，神经还没松弛下来，大家又打起水仗来。各自操起桨来拿起瓢，抓起水枪直接"厮杀"起来。世界真的疯狂，不问亲朋与旧友，不管熟悉与陌生，相互间你追我躲，尽情"拼杀"，就像一场节日狂欢，溪面上再次闹得水花滚滚。

（李润南 摄）

　　等到大家在碧波上玩累了、尽兴了，便再次投入波涛汹涌的漂流之旅。新的俯冲、新的冲浪，在凉凉的清水中却依旧新鲜、依旧刺激，跌落、冲浪、摇滚、漂移、碰撞，一下又让大家激情四射。陆地上险象环生的环节，在漂流中就像一场儿童乐园里的碰碰车，有惊无险。溪流在不规则的河床上行走，就像车子颠簸在坑坑洼洼的陡坡上，一路跌宕起伏，让人体验感十足。

　　最难得的是，在这条不到 4 公里长的溪流，竟然有 30 层高楼的落差，这是上天送来的水上滑滑梯。25 个急速落差，一浪高过一浪，一滩连着一滩，漂流体验点分布均匀、合理，在张弛有度中让人体验水的无穷魅力。你看，就在上岸前的最后一处湍流神摇池中，峭壁间这个椿臼形的池子，波涛汹涌，白色的浪花滚滚而起。小艇一头俯冲下来，一个巨浪劈头盖脸地扑过来，透心凉。更神奇的是，翻卷的波涛中还有一股回旋的涡流，这涡流就像磁铁，会短暂吸住穿梭的小艇，左右两位护漂员顺势把小艇推回，这样就可以来回不断体验在波峰浪谷间穿梭的感觉，所有的神经都彻底沸腾起来。就这样在百转千回中，一次次在浪尖上腾飞，让人玩到灵魂出窍，甚至迷恋。来自漳浦的四兄弟，一个夏天就来漂了 29 次，成

（李润尚 摄）

（李润南 摄）

了神摇漂流的打卡网红。

　　生活可以四平八稳，但也不妨偶尔来点刺激。冲浪、蹦极、跳伞，玩的就是心跳。神摇漂流不仅是检验一颗大心脏的活力，更是对生活的一次清淤，甚至是对心灵的一次疗愈。足足两个钟头，这一路冲撞下来酣畅淋漓，每个关节都酥酥麻麻的，有种冲破界限的舒服。这时若再要上一桌当地土鸡、土鸭和咸饭，再来三杯两盏当地的山樱酒，在鸟声与虫鸣的和唱声中，到民宿美美睡上一觉，我想，人生乐事莫过如此！

鸟声虫鸣中的欧寮民宿

◎ 曾建梅

（李润南 摄）

做梦没想到，会因一场采风走进漳州平和，并在那个鸟声虫鸣中的欧寮民宿做了美美一梦。

处暑时节的闽南还是盛夏，从省城直奔平和，在高温蒸腾中奔波一天，人困得如一条缺氧的鱼，大家拖着行李来到山腰上的欧寮"半山民宿"时，只见眼前一排排旧民居，内心未免有些迟疑：真要在别人的"家"中过夜吗？这样四处通透的民房不会遭蚊虫吧！

然而，疲惫大于忧虑，我们坦然接受眼前的一切。推开厚实的木门时，眼前一亮，屋内被收拾得整洁一新——二三十平方米的大客厅重新铺上了红砖，这种方方正正的红砖既透气又喜庆，一下衬出暖意；四周墙壁都贴上白色的墙纸，再配上半人多高的棕色墙裙，整洁又有格调。在暖暖的灯光下，茶几、沙发一摆，家的味道就溢出来了。

然而，最令人担忧的是旧民居容易散发一股腐味，这种土木结构很容易落灰。但看到房顶全部吊顶，墙壁装饰一新，屋里的每个角落都被收拾得妥妥帖帖，我的心就落下来了。客厅左右对开两间厢房，里面是面目一新的标间布置，双人床、办公桌、茶几、储物柜、衣柜、空调、电视、WiFi一应俱全，从上到下都被重新收拾了一遍，蓬松的被褥与洁白的墙壁互相映衬。最难得每个房间都配有卫生间，妥妥的星级标配。二楼更是豪华，单人大床，超宽的透明大窗，加上歇山屋顶，空间感一下变得立体。别的不说，仅那改造过的玻璃大窗，就是绝佳的观景台。满天星辰时，坐在这里泡茶、看书、听风、听雨，必将是另一番的"小楼风雨"。

（李润南 摄）

（李润南 摄）

　　看到眼前的一切，让人一下子像回到家一样放松下来。把自己疲惫的身子往床上一砸，久久不愿意起来，闻着枕头与被子里的阳光味道，这一天的舟车劳顿，内心的疲惫，终于有了妥帖的安放之处。

　　进山时风雨飘泼，此时雨歇风静，山野间一片寂静清幽，终于不再有城里那潮汐般永不消停的噪音，耳朵一下清静下来，觉得世界空旷起来了。同一栋民宿里两个人聊天的声音都那么清晰，夹杂着轮廓模糊的远山中回荡着的一种类似野鸭子的嘎嘎叫声，像极了小时候的老家乡下，一切熟悉的感觉都在内心苏醒过来。

　　大概是坐车实在太累了，洗了个热水澡，躺到蓬松的大床上，竟然睡了这个夏天最好的一觉，还做了美美的一梦。梦中，这个村庄变成一个被雾气包围的摇篮，

（李润南 摄）　　　　　　　　　　　（李润南 摄）

我正躺在摇篮里，和着山中的鸟鸣声与虫鸣声轻轻摇荡。那小小的院子、小小的房间便成了包裹我们肉身的蜗牛之壳，伴着我们酣然入梦。

睡得实在太透了，直到天亮时才被窗外叽叽喳喳的鸟雀吵醒，才看清我们住的地方：欧寮村半山民宿——啊，真的就在半山！

典型的农家小院，白墙、黑瓦、歇山顶，三四间排的双层小楼，木质的走廊、木质的楼梯、小小的阳台，一座、两座，毗邻着排布在半山腰。房前一个小院坝，原先一定是村民晒粮食的水泥地，有的因为主人家长年未居住，荒草丛生，如今被填充了白色的碎石或小片的草坪，院子角落植上一两棵芭蕉或者龙眼，院墙外一圈蓬勃生长的鬼针草正开着热烈的白花，农家院子的意境就出来了。

踏着鹅卵石铺就的小道往外走，群山连绵，全都种满了柚子树，大的小的，白柚、红柚、葡萄柚、黄金柚……真不愧"中国柚都"之名。视线可及处全是柚果，因为套着纸袋，我们仅凭个头猜测着品种与口味，虽然一伸手就可以摘到，但未到成熟的季节，当地果农说再过一个月左右就是最佳采摘期了。想着中秋月圆时，一家人围坐在院坝的石几边，食蜜柚、剥龙眼、吃肥蟹、品奇兰，家长里短，言笑晏晏，该是如何的惬意圆满。

沿着山野间漫步，在饱含负离子的清新空气中，随处飘来草木的气息。远山云雾缭绕，如一幅水墨画。吸足雨露的草木在晨光中依次醒来，我开始留意路边的小花小草。屋檐边那半人高的臭牡丹，有着绣球般的大花冠；路边这株浑身带刺开着紫色花儿的应该是大蓟。有意思的是，离大蓟不远的地方还有一丛叶片细长，

（李润南　摄）

也开着紫色花球的小薜，它们多像一对姊妹似的迎风歌唱；路边草地上结满紫色浆果的地菍，还有火炭母、酢浆草、藿香蓟，这些低矮的草都迎来花果期，它们在乡野间开得有模有样。也只有还没被人工开发过的乡野，才有这些花草的婀娜身姿。

不知不觉中，竟绕到一处农家菜园子里来。眼前这畦香菜翠绿翠绿的，一旁的空心菜和青菜长势很好，最里边那畦挂着一条条紫色茄子煞是好看；东一丛西一簇的西红柿、四季豆、苦瓜、黄瓜和丝瓜，就像一圈篱笆围满菜园一周，还有南瓜和冬瓜绕着田坎攀

（李润南　摄）

爬开来，菜园里红黄绿紫。房前屋后这一畦畦菜地，是乡亲们的菜篮子，它们就像一块调色板，把山村装扮得更加绿意盎然。

迎着晨风往回走，眼前一群轻盈的翅膀掠过。在屋檐边飞来飞去的是麻雀，那些在沟渠边觅食的白色身影应该是白鹭，还有喜欢在梨树间穿梭的喜鹊，它们就像是山间的晨曲，唱晓一天的清晨。最难得的是在回来的路上，竟然有几只苦恶鸟从草丛中钻出来，见到人影又匆匆钻到芦苇丛中。这种既像鸟又像鸡的小水禽在城里难觅踪影，它们像精灵般在眼前一闪而过。

乡野的早晨充满野趣，这是一夜清凉带来的好心情，让我可以精神饱满地欣赏到眼前的一切。在高温肆虐的盛夏，酷暑之下，一处清凉之地成为奢求；一个香香的美梦，也是一种奢求。在海拔 600 米的漳州平和欧寮村，我们这群城里的倦客，不仅享受了那不同于空调风的凉爽，一种真正

的安静，只有虫鸣声、蛙声、风吹树叶声的清幽之夜，它还丰富了我们对自然原野的想象。

次日，经历了神仙般的"太极峰神摇漂流"后，我们在漂流水上餐厅美美地享受了当地的手撕鸡、咸水鸭和粗鳞鱼大餐，酒足饭饱之后在嘹亮的蝉鸣声中向民宿走去。迎着晚霞，那几排旧民居散发着金色的光芒。不禁在想，原本已经废弃的农村老宅，历经一番改造就成了农家风格的民宿，就成了一处避暑胜地，吸引了无数的城里游客。鸟鸣、清风、薄雾、溪流，这些都是大山的馈赠。能在工作之余，重温一下这清凉的夏日之梦，是多么的奢侈。

明日又将回到城里，华灯初上时我便早早地回到民宿，我不想浪费这短暂的宝贵时光，沐浴之后，我冲上一杯菊花茶，坐在窗台下静静地谛听。夜空星辰辽阔，风轻云淡。八月正是蛐蛐鸣唱的季节，吱、吱吱，先是试探性地鸣叫几声，好像就在房檐下，再仔细听，原来是屋后沟传来的声音。唧唧唧、吱吱吱，越来越多的蛐蛐加入了合唱。蛐蛐一唱开来，便引来其他夜精灵大面积地呼应，金蛉子、蟪蛄、螽斯……濡湿的夜，连地底的蚯蚓都发出"汩汩"的歌唱。夜是它们的舞台，它们争相唱鸣。"哇、哇"，夜空中传来几声嘹唳的叫声，这应该是夜游鸟在呼唤同伴；这时，不远处又传来"呼呼呼"的猫头鹰的叫声。只有远离城市喧嚣的山野，才能听到万千生灵如此动听的和唱。

临近子夜，才在自然的和鸣声中进入梦乡。在鸟声虫鸣中，平和欧寮半山民宿的夜晚是多么辽阔，连我的梦境都变得五彩缤纷。

南溪源

南溪源头邦寮山水库（李润南 摄）

◎ 张山梁

"漳州是一块膏腴之地，把扁担插入土里，都会生根发芽。"这是我自孩提记事时，时常听老人赞美家乡的一句俚话。是的，作为福建最大的平原——漳州平原，地势平坦，河网密布，土地肥沃，农耕条件优越，素有"闽南谷仓"之称。而孕育滋养这片富饶土地的，正是那蜿蜒流淌其间的九龙江。

众所周知，九龙江是由干流北溪和支流西溪、南溪汇合组成的，分别发源于连城县曲溪乡黄胜村、南靖县南坑乡高港村内舰山北麓、平和县南胜镇邦寮山东南红婆石东侧的笼仔。北溪与西溪流经漳州大地，汇流后注入东海；而南溪则由南向北独流，在龙海玉枕洲与海门岛之间入海。九龙江三条支流的下游就是那被喻为"扁担入土会生根发芽"的漳州平原，也因此被誉为"漳州母亲河"。可以说，九龙江北溪、西溪、南溪就像三个健硕满汁的乳房，亘古不息，日夜不停地汩汩流淌甘甜乳汁，滋养着漳州平原，使之成为沃野千里的"鱼米之乡""花果之乡"。千百年来，正是这条奔腾不息的母亲河，使得其流域拥有发达的农业产业与先进的农耕文明，养育了生于斯、长于斯的漳郡黎民百姓，让他们过上富庶康乐、闲适安逸的生活。

　　一方水土养一方人。不少学者曾以水系流域的水文特征，来破解流域经济社会发展、人文禀性形成的密码因子。不同流域，孕育着不同的社会文明，也就有了千差万别的风土人情。尽管北溪、西溪、南溪同属九龙江，但其中的差异还是依稀可见。如果说北溪的桀骜奔放成就了台商投资区新兴工业的腾飞，西溪的婉约浪漫成就了漳州城区灯火阑珊处的璀璨，那么南溪的质朴不羁则是延续了千年漳州农耕文明的繁荣。让我们沿着南溪的流水走向，来一个全景式俯瞰。自笼仔涓涓细流而出的南溪，经欧寮横石而成一泓清澈溪水，徐徐流入漳浦境内，曲折向东流过漳浦县的南浦、马口、官浔，龙海区的东泗、白水、浮宫，一头不回地入海而去，河流长 68 公里，流域面积 660 平方公里。沿溪两岸既

南溪源

有茂林修竹、草深木翳的层林叠翠，多有几分峥嵘轩峻、翁蔚泅润的气象；又有田畴阡陌、水系纵横的田园风光，多有些许稻菽翻浪、花果飘香的景色。你看那流域内，台湾农民创业园的棕榈婆娑、苗木翠绿、果蔬鲜美，一派丰收在望的景象呈现在世人面前，令人羡慕不已。东南花都的三角梅绽放如瀑、蝴蝶兰雍容华贵、水仙花幽雅清香……各类奇花异草、名卉珍果，令人目不暇接，流连忘返，一个宛如世外桃源般的园区，吸引着无数商贾交易、游客驻足，成为漳州对外开放的一个重要窗口，令人欣赏不止。东园现代农业示范区积极打造集品种引进、种植、加工、销售等产供销于一体的全产业链，发展智慧农业，一幅乡村振兴的画卷徐徐铺就在南溪下游的大地上，如此这般的斑斓多彩、绚丽夺目，令人赞叹不绝。

所有的这一切富庶，无不得益于贯穿其间的南溪水的浇灌与滋润。因为，水是万物之源，更是发展农业的最根本保障要素。这股源自笼仔、源自欧寮的泉水，翻山越岭，一路缓缓而流，一路吸纳支流，有容乃大，融汇成这滔滔不绝的南溪水。可以说，南溪源就像一位母亲的乳头，无怨无悔地挤出那甘露般的乳水，养育着流域内的万物茁壮生长，养育着生活在这方热土的民众，繁衍了一代又一代漳州人。写到这里，我突发奇想，假如让我设计一座展示南溪源的雕塑，该以什么样的艺术形式来展示呢？或许将矗立一尊胸前给一个孩子喂奶、身后又背着一个孩子，顺水面向前方的慈祥母亲立像，让世人景仰，顶礼膜拜。

　　"南溪源"一词，于我而言，既熟悉又陌生。二十几年前，我曾在该镇任职，时有下乡来到欧寮，但那时还没有提出"南溪源"一说。因为当时尚未开展水资源普查，也未能确定源头。我调离该镇若干年后的 2007 年，在欧寮村横石组的路边，矗立一颗长方形的石头，石上刻有时任漳州市委书记刘可清所题的"九龙江南溪源"，成为"南溪源"标示。它仿佛在告知过往的人们，这里是漳州母亲河的一个源头，是养育漳州平原的一个乳头，也时时刻刻提醒居住于斯的欧寮民众，有责任、有义务"管好源头水，保护母亲河"。

这次重访欧寮，来到"九龙江南溪源"标志石碑边上，举目远眺，层林尽染，好似一幅墨黛的青绿山水图；低头俯视，碧波荡漾，一潭清澈见底的溪水泛着粼粼波光，恰似一颗坠落人间的蓝宝石。其实，十多年前在县政府办任职的我，就对包括南溪源在内的"五江之源"有所关注。当时，县里要创建"国家级生态县"，原环保部门请我编纂《平和县生态县建设规划》，并提供了相关照片，其中有一组照片是立于平和境内的九龙江南溪源、漳江源、鹿溪源、东溪源、芦溪源等五个水源头标志碑。令我感到惊讶的是，这组照片显示五个水源头标志碑周边唯一

南溪源溪水　　　　　　　　　　　　　　　　　　　　　　（林泽霖 摄）

可看到水的只有南溪源，其他或在干涸的茶园里、草丛中，或在滴水不见的石头边。我还就这个问题，以"呈阅件"的形式专门给县主要领导反映。十多年过去，欧寮老区人民始终不被"经济利益最大化"的物欲所诱惑，坚持"绿水青山就是金山银山"的生态文明理念，发扬牺牲局部利益维护全局利益的老区精神，像当年支持红军那样支持下游，封山育林，采取禁止在坡度大于25度的山上开荒种果，限制种植巨尾桉等速生林，严禁毒鱼、炸鱼等一系列行之有效的措施，建成涵养水资源的生态圈，竹树森翳，林茂苔深，溪涧潺潺，瀑布飞流，使得南溪源头的泉水叮咚而出，经年不息，其下游的漳州平原有了充沛丰富的水资源，沟渠纵横、水网密布。可以说，是九龙江南溪源培育了漳州花团锦簇的花卉产业、蔬果满园的现代农业、鱼虾塞塘的水产养殖，成就了此地"鱼米花果之乡"的美誉。

美丽欧寮 · 淳厚南胜

欧寮村全景图（李润南 摄）

◎ 泓 莹

2016年某个秋日，为了寻找位于帮寮山和石屏山之间的太极峰，从南胜上山，车盘旋而上，这里草木荫浓，有小巧红色的橘柚在夕阳中闪闪发光，后来，我才知道这就是品质绝佳的"红美人"！

转角处碰上的第一个村庄是邦寮村，从导航看，这里离太极峰很近了，山村静寂，一色传统民居，屋角有几串卖蜂蜜和"带路"到太极峰的电话，在邦寮村打了半天电话，带路的人说，路不好走。季节不对，你根本上不去。

一头雾水，什么时候路才是好走的呢？我期待那一天。

乘兴而来，兴不尽则继续前行，不久看到漂流的字样，看到干涸的河床我有点不以为然，却没想到这可能是最奢侈的漂流……七年之后重上欧寮，我们在这里住了两天，采风团"漂过"的人说，这可能是最惊险的漂流了。

此生漂过很多河流，在我看来，险倒也罢了，在林木蓊郁的九龙江支流南溪源头，蓄水而漂，一天只能两次，水量丰沛，势头凶猛，用"奢侈"俩字来形容更恰切。据说在离终点2.5公里处，有很多造型奇特的冰臼，柔蓝的水在这里汩汩流淌，倒成了装饰，刚柔相济，看起来美极了，可惜因为天气和时间因素，我没能取得第一手影像资料。

神摇漂流的尽头便是群山环抱中的欧寮村。

群山簇拥中有这么一大片平地是很奢侈的，这就是古人所说的风水宝地吧。据说原来欧寮有1000多户人家，在山区，这就是大村了。欧寮海拔600

（李润南 摄）

米，夏无酷暑，冬无严寒，这是一个恰到好处的高度。《漳州府志》谈到旧南靖县八景，有"欧寮挺翠"一词，可以想见当时这个"山石多仙迹"①附近的村落有多美丽。

平和作家林清和说，早年这地方原始森林茂密，两人抱以上的古树比比皆是，可惜这些古树1958年时被砍光了。即便如此，欧寮仍然长期是农家造楼屋木料的主要来源，林清和先生说，以前即便是南胜墟上的人造新楼屋，也是要上欧寮来砍木头的。

（李润南 摄）

欧寮就是源源不断的绿色金库，只要你善待它。

很讨厌干巴巴的口号，但"绿水青山就是金山银山"，我却是很喜欢的。闽南气候宜人，水土丰厚，植被恢复是比较快的。2023 年 8 月 26 日这天，我们从南胜第二次上山，仍可看到次生的天然林绵亘成片，其间有一部分原来是因故废弃的柚林，如今出落得葱茏蓊郁，野趣盎然。

"东之屏山有九岭，层峦叠嶂，每日夕还照，与树色掩映，宛然入绘……"②恍然间似乎又看到昔时邦寮和欧寮附近的胜景！第一次到欧寮，是从文峰回去的；第二次上欧寮，沿着九龙江南溪直下漳浦县南浦乡，一路仍是郁郁葱葱……

"欧寮挺翠"——古人形容绿水青山，常用的词汇是"叠翠"，这里的"挺翠"格外令人遐思纷飞：百年前的欧寮究竟是何等宝库？究竟有多少帅气高大的古树、多少珍稀植物聚落团团簇拥在参天古木之间，珍禽异兽活泼泼跳跃其中？曾经有 1000 多住户的，宛若世外桃源的欧寮村，估计家家有火铳狩猎，打虎想必也是家常便饭吧。

古树下的林荫小道，串起一系列美丽村落。欧寮塞尾社的顶门楼，原先是聚族而居的小圆楼，20 世纪 30 年代被国民党烧毁，如今重建，变成供奉神灵的"楼门顶"。七年前，第一次上山觉得它就是一个新造的别致的庙，并没多大注意，倒是从楼门顶往下看，有村舍如画，这些疏朗、与自然融为一体的建筑，总是比现代那些拥挤的方块更令人心动。

原来几年前看到的这些幽雅的民居，竟是 20 世纪 80 年代建的，这款两层的传统砖木建筑和已经有千百年历史的土楼，或者叫土围子或城堡，是平和一道诱人的风景。欧寮村横亘在山坳里，以前应该不止顶门楼一个圆楼吧？可惜都在内战时被摧毁了……

没想到此行我们竟住在这样的民居里。

雨，绵绵密密地下，因聊天，因喝茶，或因饮酒，第一个夜晚，大概十个人有九个没睡好。清晨，便听得无人机在天上嗡嗡作响，与清脆的鸟鸣相映成趣，雨或下或停，云雾缭绕，光线变化多端，从林清和先生传到群里的楼门顶看，两位航拍的先生此时可能收获了无数美丽影像。

近日，有台风雨滋润，邦寮村和欧寮村，比2016年初次上山时更美丽，是的，从邦寮村到欧寮村，一路走来，葱茏润润，赏心悦目……8月28日清晨，骤雨初歇，阳光清澈，温润的云儿懒懒躺在你脚下。柑橘、芭蕉、翠竹，还有浓密的原生植被……丰盈多元的翠色，不单直逼你的眼，更深深沁入你的心，我是很容易被它们感动的，两台机器响个不停，拍完那个蕴含着无限张力的农家小四合院，便一头撞进这浓翠的迷网里。

也不知拍了多少，仍意犹未尽，转身一看，身后竟无一人，他们都到哪去了？我在小小的邦寮村走了好几圈，不见同伴踪迹，车都还在呢，他们去哪了？问了几位村民，都说未曾遇见。过了许久，才听得一阵喧哗，原来他们看那棵古老的青冈树去了。我步他们后尘，虔诚地拍下这株不知年岁的古树。

这个地方，得天独厚啊。

有时头一抬，便可见参天古木，成百上千的树龄，令人类短短几十年的生命相形见绌，邦寮村的青岗木，楼门顶的800岁红榕，红榕对面我叫不出名称的在

欧寮村半山自然村　　　　　　　　　　　　　　　　　　（泓莹 摄）

晨曦中近似墨色的野树，它的岁数，估计不在红榕之下……

在这样地久天长的生命面前，我常常感到人自身的渺小，人类怎么可以冒天下之大不韪去冒犯这样高寿、安静而高贵的生物。

8月28日中午，本想休息一下，无奈感觉每个脑细胞都闪闪发亮，根本睡不着，正想打开林清和先生的公众号继续阅读，林先生的电话来了，说无底湖家庭农场的老板赖义荣先生要带我们去参观光鱼养殖基地。我一下子跳起来，跑得比谁都快，林先生说，不急不急！

赖先生开着车来接我们，一路风驰电掣上了无底湖。原来才两公里，不过不要小看这两公里，我们一跃就上了海拔800多米的山顶，这是欧寮最高峰，峰顶竟然如此辽阔！赖先生说他包了700多亩山地种桂花橙，他并不跟风种柚子。他说欧寮柚子肉白白的，质量并不好。为了浇灌他的桂花橙，赖义荣蓄泉水成湖。

这无底湖，说是天池也可以。

我第一次看到蓄泉成湖，我想这比拦河造水库环保多啦，这蓄水湖就像聚宝盆，汲取天地间精华，水质极好。森林涵养水源，若无丰茂的植被，何来如此优质的泉水？！

赖先生灵机一动放养光鱼。机会总是留给有准备的人的，见多识广的赖先生，从来就是有心人。在本地光鱼几近绝种的情况下有机放养，是需要格局和学养的。这款学名叫倒刺鲃的"淡水鱼王"对水质有着近似苛刻的要求，赖先生认为欧寮是有这个条件的。

赖义荣眉飞色舞地讲述了许多光鱼的故事：光鱼的倒刺竖起来刺破蛇的肚皮啦，钓这款最聪明的鱼儿要用传统的孔明钓啦，光鱼的倒刺和鱼鳞可以治病啦……赖先生的故事，有的来源于九龙江西溪的船仔人，有的来自他自己的亲身经历。赖先生还说，发源于矾山的南胜溪因为水中有矾的缘故，自古以来就没有光鱼。

这款"天花板级"的淡水鱼，的确是有"洁癖"的。

赖先生说，作为九龙江支流南溪源的欧寮，溪涧石潭长达四五公里。以前，清澈的溪水中处处有光鱼，当年鱼儿多到什么程度呢？多到从溪边杀鸡鸭的主妇手中争食鸡鸭肠肚，她们用洗衣的棒槌一敲，鱼儿便唾手可得……

后来环境污染导致野生光鱼几近灭绝。近年来重视环境整治，欧寮的生态渐渐又恢复过来了。赖先生说，养光鱼，起先不过是试试看，没想到无底湖的水质特别适合光鱼，十年下来，收获满满。

是无心插柳柳成荫吗？没有那么简单。

无底湖很大，很深，最深处竟达 18 米！在雨云缭绕下柔美无比，湖边点缀着无数本土原生态植物，金针花、山柑、还有很多我不认识的野生植物，也有赖先生种的供雅玩的葫芦和其他花卉；另一个正在蓄水的湖边，种了优质的西番莲。赖先生说，他尽量让四周的环境恢复原生态，尽量优化水质。

无底湖的光鱼，学名光倒刺鲃，鱼种来自武夷山，个体比本地光鱼大许多。它们在这个从不清塘的深水湖中自由生长、自行繁殖，它们白天食菜叶，夜晚守在紫光灯边扑食飞蛾，为了丰富它们的食谱，赖先生还特地放养了白鲫鱼苗。

防鱼病不用商品药，用松针与断肠草——断肠草剧毒，据说人食三片叶以上立倒，但它却是防治鱼病的妙物！我想无底湖的光鱼彪悍健康的原因还可能与湖底香樟树的残骸有关，樟的芳香本可以除疾去病，再加上这里特有的陶土，无底湖光鱼含硒丰富，是不可多得的健康食品，有检测报告为证。

南胜镇欧寮村无底湖家庭农场主赖义荣讲述养殖经历
（林泽霖 摄）

南胜是著名的"克拉克瓷"主产地，我不知道这里的陶土含硒量是否都很丰富，但我知道自古以来南胜便是一方淳厚的水土，元代便是古县治所在，虽然南胜县存在的时间很短，南胜优质的物产却令人难忘：名扬天下的克拉克瓷、酥脆的麻枣、鲜香的咸水鸭、脂油浓厚的咸牛乳、琳琅满目的米糕与草粿……

南胜雄浑的矾山是古火山，山下土地之肥沃，物产之丰富，人文积淀之深厚……是令人流连忘返的！

行文至此，我再一次想到至今生活在矾山下的表兄表姐们，他们因为历史原因从城市移居农村，他们以顽强的意志一点一滴创建美好的家园。让我印象很深的是他们当年的沼气池和在矾山下种植的品种繁多的水果——其实南胜水土的确更适合多元化种植！我们需要良性发展，良性发展需要良好的生态。

此行在南胜，我再次看到立体种植和立体养殖，这都是有利于涵养水土的良性循环。

注：
①《平和县志》47页对石屏山的描述。
②《平和县志》60页。

祖师公与浮莲庵

浮莲庵（林泽霖 摄）

◎ 何 也

一

　　传说会因为深入人心而广为流传。来到地处南胜镇欧寮村的浮莲庵，其传说就会附着更多美丽动人的勾连。

　　欧寮村的浮莲庵，当地人更喜欢叫它水尾庵。这样叫的背后，隐藏着地理人文的秘密。

　　闽南人口中的水尾，一般特指某一居住地的出水口。水流出处，已是该区域以外。我们知道水口可以是水流的入口也可以是出口。"气之阳者，从风而行，气之阴者，从水而行。"在传统地理风水观念中，认为水流会影响一个地方的气场，所以要"顺阴灭阴阳之气以尊民居"。水是生命之源，能生养万物，到现实中更有水主财的意谓，因此特别推崇对水口这样的认知："天门开，地户闭。即水来之处谓之天门，宜宽大。水去之处谓之地户，宜收闭，有遮挡。"也就是说，若是居住地与风水理论上的水口合乎上述要求，就会给该地带来庇护与财源，反之则视为缺欠，或会招灾。为了更好趋吉避凶，往往也人为地予以调整，使居住地与流水之间实现和谐完美的关系。

二

各地的地名，在各个时间节点上会有美化、谐音化、简化、依循情景认定、在方言习惯中被倒置等现象。比如笔者老家的村子霞山，外界认同的习惯叫的却是山下，就有谐音的、被简化的趋向，且有地处大山脚下的含义。

来到平和县东部山区南胜镇欧寮村，明代诗人皇甫涍"霞蔚见层峦，花深隐群壑"的诗句就从记忆深处跑出来。以前是南胜镇重点贫困村，时至21世纪的今天，迎来了"红色欧寮"文旅的勃勃生机，漂流、民宿、浮莲庵等地独具特色，成了外地游客的神往之地，成了"生态融合、特色彰显、美丽宜居"的美丽乡村。笔者初来乍到，得知当地并没有居住欧姓族群时，直觉告诉我这里应该叫瓯寮而非欧寮。字典里欧的字义是姓，欧洲、欧姆的简称则是欧字出现很久后才有的归属。而瓯有小盆、碗、杯等字义，寮为小屋、窝棚；地表上的盆地，是指周遭地高、中间沉降有大片平原的地方。这是盆与瓯用来界定一地的区别所在。厘清了这几点，我们大致能作出这样的猜想：在古代十分重视风水的肇基者来到地理形貌胜似有瓯之状，周遭群山环绕，中间虽无平原，却有让人留恋的满目苍翠，绿水潺潺且又碧空云霞之地，也就挪不动腿舍不得离开的了。于是搭建草寮，依循地理形胜的情景认定，取名瓯寮，在此拓荒造舍，繁衍生息，开创百世基业。

同理，重视风水的肇基者更不会忽视"水去之处谓之地户"的出水口。

三

欧寮的出水口就在建造浮莲庵这个地方。

站在浮莲庵门前，左侧不远处便是欧寮南溪的出水口。出水口"宜收闭，有遮挡"，除了大自然的慷慨赐予，往往也会人为地介入调整，比如在出水口栽种风水树，或建一座庙堂或亭榭作守护与回望。欧寮人的祖先在出水口砌了一道拦水的溪坝，建了一座浮莲庵。

出水口两山夹峙，林木苍郁，在清风中摇曳的翠竹密布其间，环绕浮莲庵的南溪碧波脉流可荡轻舟，正如浮莲庵的两副门联："浮光流水钟胜境，莲座香灯化慧风""水远山长万象回光清净色，尾承首肯六根返本妙明心"所刻画的。浮莲庵于此守护与回望欧寮，堪称钟灵毓秀之选。

浮莲庵　　　　　　　　　　　　　　　（林泽霖 摄）

　　神摇漂流的总经理林锦城是当地人，他对笔者介绍说，长辈们都认为欧寮的整个地形就像一个聚宝盆，水口的重要性不言而喻。据说在水口处的浮莲庵周围的树林繁盛则意味着当地人丁兴旺，所以在全村人的呵护下，历来浮莲庵两侧及后山都是参天大树，草木葱郁有密不透风之感，寻常看不出水口在哪里。

四

　　建造浮莲庵的地方，是个神奇的风水宝地，形同浮水莲花，会随洪水涨落而漂浮，看似地势最低的浮莲庵，不管发怎样的大水山洪都淹不到它。有着几十年经验的村民说，上年纪的欧寮人都可以证实祖辈们所言不虚，发大水山洪时，确实没见过浮莲庵被淹。

　　唐会昌五年（845），武宗皇帝废佛汰僧，烧毁寺院，强令僧尼还俗。时年逾六旬的杨义中禅师，为了弘扬佛法，率众僧向西避入深山，不辞劳苦跋涉于平和县东部的南胜、文峰等地的深山老林寻找适合开基建寺的宝地，后来又看中了两个地方：南胜欧寮水口处和文峰三平。两地均钟灵毓秀，各呈祥瑞，都是聚徒传教的好去处，杨义中禅师一时难以取舍。相传有地理先生建议说，大地浑然岂可掂量，不如取两地同等容积的水称其重量，便知一二。地理先生暗中往三平这边溶入食盐，这才胜出。又有传说高僧大德义中禅师传钵建寺曾选址欧寮水口处，后因三平一地有山鬼（蛮獠和"大毛人"）作乱，义中禅师行侠仗义，降服众崇收服山鬼，为其不再作恶而定居三平寺。这样的传说，更能看出当地人对居住地的热爱与推崇。

五

绿韵花影中的神摇漂流，民宿的乡土情趣，更有浮莲庵的神奇，"红色欧寮"以它独特的姿态惊艳在世人面前。

浮莲庵碑记　　　　　　　　　　　　　　　　　（林泽霖 摄）

高山上的 "初恋"

◎ 张 茜

蒸熟的粗鳞鱼（林泽霖 摄）

在欧寮，我遇见"初恋"，它是一条鱼，名字叫粗鳞。闽南语说粗鳞和初恋很相似，人们喜爱珍惜这种鱼，便都顺口叫它初恋。

当时我坐在餐桌椅子上，它在汤坛里、在洁白的椭圆形菜盘里，通身银白洁净，鳞片粗大，翻卷成一朵朵晶莹剔透的小花儿，我想叫这片花儿为浪花或莲花。和初恋这样相见，事先并无任何预兆。这世上鱼类多了，谁知道有种鱼会叫初恋？想必是造物苦心安排。初恋肉质细腻甘甜，汤汁绵绸，富含胶原蛋白，抿一口，能黏住您的上下嘴唇。它还有很多药效，妇女生产、哺乳必选它，能促进创伤愈合、下乳。山民骨折了要用它，妇女美容喜爱它。民间有谚语"一粗鳞，二鲈鱼""一片鱼鳞，一滴血"。我原先只知人动了手术，要吃鲈鱼，能促进伤口愈合。

初恋除了名字叫粗鳞，还叫光鱼、将军鱼和中华倒刺鲃。

之所以叫光鱼，是因它从嘴到尾通为银色，无论在水中遨游还是逆流冲刺，或者纵身跃起翻腾，都闪耀出一道道炫目的银光。

之所以叫将军鱼，是因它鱼鳞硕大、厚实、极富弹性，仿若一名大将军手持千万张盾牌，身披千万片铠甲，威风凛凛，战无不胜。

之所以叫中华倒刺鲃，当地人很自豪地说："鱼名冠中华二字的有几个？"

欧寮有初恋，欧寮之所以叫欧寮，是因远古祖先迁徙到此，林深似海，百鸟欢唱；流水如冰，初恋鱼成群结队嬉戏激流，好一个人间仙境。让先民不由驻足，拗折树枝搭建寮棚，结庐而居，起村名"拗寮"。又是闽南语的幽默，使拗寮书写为欧寮。

欧寮生养了初恋鱼。她山高林茂，地偏人稀，是九龙江南溪发源地。初恋鱼喜冷水，喜激流，喜幽暗深潭。特殊生存环境，造就初恋鱼特殊性情——聪明、机警、彪悍、能操作杀伤武器。受造物垂爱，初恋鱼携带着"匕首"。

初恋鱼的匕首，人们管它叫倒刺鲃，因此得官名：中华倒刺鲃。那倒刺如同机关，暗藏于背鳍前面，遭逢天敌或者它要捕猎时，脊背一拱，匕首弹出，精准出击，稳操胜券。

初恋鱼捕蛇。一条水蛇在河面上迤逦而行，挥动柔软长身，

粗鳞鱼中的倒刺，故学名为"倒刺鲃" （林泽霖 摄）

画写着一湾湾美丽弧形，浑然不知危险到来。一群初恋鱼立即锁定这个行猎目标，不知首领如何暗示，鱼群悠忽沉水不见。猛然间，一团水花迸溅，首领初恋鱼背脊擦着水蛇腹部，闪电般掠过。水蛇霎时消失，痉挛翻滚，痛作一团。初恋鱼群如云朵般，升上水面，将水蛇团团围住。一场盛宴在刺骨的溪流里，在碧空白日下，拉开帷幕，水蛇很快变作一挂银骨。

初恋鱼捕飞蛾。夏天晚上，溪水周边果农会找初恋鱼帮忙。南溪两岸种植的数百亩桂花橙，深受飞蛾侵害。果农深谙生物链各环节，想出一举两得的策略。在溪边拉电线，架起一溜招引飞蛾灯，初恋鱼乐了。每当夜幕四合，长情飞蛾前赴后继扑向灯光，初恋鱼群此时早已恭候灯下，此起彼伏地欢快跳起，抢夺飞蛾美食。

捕捞光鱼 　　　　　　　　　　　　　　　　　　　　（林清和　摄）

　　初恋鱼追蜻蜓。蜻蜓点水，尤为美丽。在疾速飞旋与触水的刹那间，蜻蜓繁衍着后代，产下一颗颗宝贝卵。初恋鱼隐身水下，看得一清二楚，循着蜻蜓的飞行路线，紧追不放。这宛如古老的生命恋歌，蜻蜓尾部点水的瞬间，初恋鱼飞跃而起，悬空对接，吞下蜻蜓卵虫。技艺精湛，叹为观止。反之初恋鱼产了崽，那可是百倍当心。初恋鱼将产房安置在溪岸底部水草和石块遮蔽的洞穴里，只要看见它昼夜不离地守在一个小洞口，便知它做了母亲。

　　初恋鱼逃生。初恋鱼为冷水鱼，山间深潭、湍急溪流是它们的乐园。千尺潭水的重压、黑暗、低温，赋予了初恋鱼超常能量；搏击逆流，练就了初恋鱼强健体魄。渔人说这鱼太聪明，难以捕捉。听说有人专程到漳州买渔网，长度20米，三层，最牢固的。店家顺便问捕啥鱼？买家答初恋鱼，店家立即收回渔网不卖了，说，这鱼捕得到？到时你该怨我渔网不好了，坏了我名声。我在欧寮餐厅外暂养水池里观察初恋鱼，它嘴呈上弦月，总撅着；嘴下左右两条胡须，探测器般摆动着；模样乍看像草鱼，但头脸宽阔，鱼鳞厚实硕大，寒光闪闪，唯有腹下双鳍暖色——

橙红橙红，给人几分温和及慰藉，可这是否是它胜利的旗帜？几头初恋鱼在水池里转圈游动，观察着我。我后退几步，它们圈就转得大些，我靠近几步，它们圈就转得小了，正如渔人所说的机警聪明。水池顶上盖着石棉瓦，瓦上横压着几段碗口粗的木桩，它们却能逃生。不动声色，转悠，瞄准瓦与池间缝隙，冲上去，脖子卡住了，身子拼命摇晃摆动，渔人说非常可爱。

垂钓初恋鱼。初恋鱼难钓问题，迄今没有解决。抛下几筐空心菜喂它，一团团翠绿浮于水面，半晌过去，不见动静。我等得不耐烦时，只见一根根空心菜沉下水去，不由瞪大眼睛，仔细观察。原来是初恋鱼悄悄将蔬菜拖入深水层去享用，提防心十足。仿生养殖场捕捉它们时，早早沉下渔网，数天过去，投食诱鱼入围。待时机成熟，渔人从四周悄悄起网，鱼群即刻发觉。传口令下去，一条紧接一条，高跃两米多，从渔人头顶飞走。人类处于生物链顶端，智商高于任何动物，对付初恋鱼自然还有办法——用古法——孔明钓。您看看，用上孔明的智慧了。山民说孔明钓制作濒临失传，技艺颇为复杂。有人寻进深山找到一位老人，买了十副孔明钓，夜里架于水边，早上去收竿，仅收获五条鱼。其余五根竿子不是鱼线被扯断，就是诱饵不见了，准是初恋鱼干的。那么上钩的五条鱼里只有两条初恋鱼，个头还比较小。我仔细了解了神秘的孔明钓：选取筷子粗青竹节子，削去节疤，上火烤软，对折成10厘米左右的U形；砍取芦苇秆，上锅蒸熟，切成一圈圈环状；备好花生米、最大号的渔线和钓鱼竿；材料齐备后，进入组装环节。

销售前为粗鳞鱼打氧包装 （林泽霖 摄）

鱼竿和鱼线自然不提，重要的是鱼钩。芦苇秆环状仿若女孩扎头发的橡皮筋，套住U形竹节，竹节口含一颗花生米。只要初恋鱼咬断芦苇圈，U形竹节便弹簧般撑住它嘴巴。如此这般，一个天然材料制作的鱼钩形成，将鱼钩绑在鱼线上。初恋鱼好杂食，特别喜爱芦苇和花生米。一个生物，无论多么机灵和强悍，总有弱

包装好的粗鳞鱼 　（林泽霖 摄）　　等待下锅的粗鳞鱼 　（林泽霖 摄）

项存在，由此，结成一条天地间的生存链条。人，也在其中。

初恋鱼"枪"能辟邪。初恋鱼枪也就是它背脊上的倒刺，民间传说这鱼携带神威，潮汕人尤其信之。欧寮渔人"孔明钓"了初恋鱼，宰杀时会小心取下完整倒刺，晒干，售往潮汕。潮汕人用红绳系了，挂在门楣上，谓之可辟邪。

将初恋鱼鳞熬汤，放入食盐和酱油，冬天自然凝结，夏天汤凉了入冰箱凝结，就是一道透明、弹牙的初恋鱼鳞冻，冰霜可口，老幼皆宜。

初恋鱼，是欧寮人的宝物。

我喜爱美食，也热爱动物和大自然，和初恋相遇在餐桌上，被它的精神、帅气、智慧、美丽和美味，深深折服。作为生物链的不同环节，我们终究一起回归至天地怀抱。

巨石谷：洪荒的孑遗

◎ 黄水成

（林清和 摄）

　　走进这段裸露的河谷，就走进亿万年前的洪荒之中。两山峡谷中，层层叠叠，巨石飞舞，这一滩石头，以穷尽八荒的骨相，展现在时空的长廊里。

　　没有预告，更无法猜想，猛然间撞见，眼前除了石头还是石头，或立或卧，千奇百态。欧寮南溪源这几公里长的河谷，每颗石头都光滑如镜，都被时光剥蚀得筋骨毕露，以独特的形貌孑遗在河床上，成了一道石头的盛宴，冲击着每个人的审美。

　　这大如房屋，小如砂粒的石头，玲珑中透着本真，浑圆中带着自然，写尽了劫后余生的从容与淡然。这些时间留下的杰作，是亿万年来任时光不断雕琢与打磨，才成就今天或圆或方、或凹或凸、或长或短、或肥或瘦的品相，成了天地间无比醒目的作品，散落在这深山峡谷中。把这滩河谷看作一幅画，天空为布，青山为墨，溪水为留白，石头无疑是画作的主角。随着视觉起伏跳跃，眼前石头或顿或挫，大小粗细之间，呈现立体几何的丰富构图与雕塑力学的光影造型。细细打量，这里的每块石头都有着水磨般的细腻与温润，就像一幅浓淡相宜、对比鲜

（林清和　摄）

明的作品，让人百看不厌。然而，这些只是时光路上的产品，甚至是半成品，时间没有剩品，更没有永存的画作，它还将不断地雕琢下去。看这里的石头，就是看时间的梦幻工厂，这里的石头从诞生之日起，便走上时间的旅途，在风雨与洪流中修行，在苦难中涅槃重生。

　　人世间，有的石头用来记录王朝的兴衰，有的用来记录某个事件，还有的用以承载文化符号……这里的石头用来记录溪流的故事。在这条河床上，以水为刀，以石入画，在时间的长河中不断修改、不断丰富、不断更新，最后又像沙画那般不断销毁，甚至重来，在周而复始中生生不息。这条河床上的每颗石头，从诞生之日起就背负起一道宿命般的使命，无穷无尽地接受流水的冲刷与检阅。这一滩石头，就像一个个幸存者，把一条野性河流的生长过程细致地刻录下来，默默记录下这片山地的生长痕迹，一下把亿万年来的秘密一览无余地展现出来，让人一眼穷尽天荒。

亿万年来，流水无比诗意地雕琢着河床上的每个石头，在一次次的冲刷与撞击中，流水在石头上刻下它的思想，以不同的形态和印记展现在我们面前。水流或急或缓，力道或轻或重，清晰地烙在每个石头上，石头记住了这条溪流的脾性。瞧，这块巨大的花岗岩，竟从中间被冲刷出一道光滑的凹形笕槽；相邻的这块岩壁上被钻出一个巨大的石臼；前方两山陡峭的崖壁上，流水竟切下几丈深的石壁，原来那岩壁最上方，才是这条溪流开始出发的地方。你看，一条溪流的生长印记全部刻在这崖壁上。那是时间的力量，时间在岩壁上留下最醒目的足迹。

（林泽霖 摄）

（林泽霖 摄）

前方一个陡坡，溪流不见了，只有一滩巨石交错铺排在溪面上。放眼望去，眼前就像一个倾倒的俑坑，所有石头都有一个前倾的姿势。虽是枯水期，但站在裸露的河滩上，依然能感受到一股巨大的洪流，排山倒海般倾泻过来。这条河床上，不管是冲刷下来的山石，还是崖壁上脱落的巨石，它们在光阴的轨道上滚滚向前。

两山越来越陡越逼仄，这段窄小的山崖犹如一个瓶口，河床上这片岩石沟壑纵横，凹凸起伏间，肌肉饱满，力量感十足。顺着凹下的沟痕，让人一下看清这块岩石的纹理，看清它内部的秘密。这条干枯的河床上，竟留下一幅精美绝伦的巨幅石雕。大自然总是出其不意地打了人们一个措手不及，它总在不经意间给人一次深深的震撼。看到这一幕，忽然觉得有股疼痛在全身跳动，那种刀削斧劈的疼痛感扑面而来。洪荒之力撕开了一切，岩石上那几条深深的沟渠，把河床上整块花岗岩切成一条条石块，在流水与岩石的对抗中，岩石遍体鳞伤，时间之手无比冷峻，刻下惊世骇俗的细节。

眼前，一块石头卡在岩石沟渠上。应该是某次洪流把这块几百斤重的岩石冲刷下来，又正好被卡在这里，成了醒目的悬空石。一路走来，随处可见卡在石壁间的悬空石，它们是雕琢河床岩画的钢钎与铁錾。一次次山洪暴发时，洪流推动着激荡的石头，一路冲撞擦磨，在坚硬的岩体上磨出一条条沟壑与深坑。这是亿万年来流水犁出的沟渠。紧挨南边山崖的流水竟冲出丈余深的宽涧。纵观这段奔腾的河谷，它还在不断地改变自己，或许一次山洪，河床就是一副新面孔，河床上的石头也又将是一次新的排列组合。亿万年来，流水与岩石左冲右突，且不说泥沙俱下时的山洪，年深日久，就连汤汤流水也能切金断玉，无肌的流水把坚硬的岩石冲刷得遍体鳞伤。时间是一把永不停止的刀，它切下了一切。时间再次赢得比赛。

然而，大浪淘沙，时间淘金。峡谷中，唯有这些最坚硬的岩石，才经得起时光的淘洗与打磨。浏览这一滩石头时让人看到，即便残缺不全，它们依然有筋骨，即使筋骨不存，也留有风骨。世间，任何在时光刀下残存的东西，最终都是一道刻骨铭心的风景。坐在岩石上发呆时，我脑海中闪过一丝灵光，崇山峻岭之中，石头与流水，它们才是永世的知音。看着这些劫后余生的石头，忽然觉得这一滩的石头都在歌唱，它们在欢欢流水中唱着歌，任岁月一层层剥落自己，就像沙盘的更漏不断消散，在无穷的长河中永生。

出发前，有人曾称这段河谷为冰臼群。这些年，不断有冰臼群的消息传出，那一个个裸露的椭圆形石坑，像极冰川遗留地貌。但其实更多是壶穴地貌，是千万年流水冲刷中，在一些涡流处，岩壁被湍流带动的石头钻磨出来的岩坑。这

（林清和　摄）

段河谷只有零星几个圆石坑，它既不是冰臼群也不是壶穴地貌，就是一滩裸露的河谷。但一点也不影响人们对这段河谷的探究与欣赏——这几亿年时光雕琢出来的一幅幅时间的壁画。

　　每一条河床都住着一个时光老人，这古老的法则，就像一则寓言还在不断上演。在斑驳的石壁上，时间早已进驻若隐若现的每条缝隙中，开始新一轮的剪裁。这里的石头让人看见它倔强与顽强，时间在岩石上留下最醒目的画作，包括这条溪流的前世与今生。我们是这条河流的过客，我们都住在时光的虫洞里，梦幻般地浏览宇宙的生生灭灭。很难想象，亿万年后的你，或我，将在这段裸露的河谷上看到什么奇异的新景象。

第二辑

红色欧寮

（李润南 摄）

绵长的**思念**

◎ 黄　燕

欧寮村全景图（李润南　摄）

这个大山深处的村庄叫欧寮。

这个叫欧寮的小村庄在九十年前曾经是闽南地区党、政、军大机关所在地。

这个著名的革命基点村，山路不止十八弯，从漳州市区抵达，车程需要一个半小时。

历经岁月沧桑的欧寮，除了有正走在诗和远方路上的蝶变情节，还有代代相传的红色故事。

欧寮数日，我们上山下水，穿村走户，那个名叫林锦城的欧寮汉子，不紧不慢的沉浸式讲述，让我们的思绪穿越近百年的筚路蓝缕，在历史的长河中漫游。

在中共闽粤边区特委机关旧址，他讲闽粤边艰苦曲折的三年游击战，讲中央苏区反"围剿"艰苦历程，讲风起云涌的工农革命斗争，讲巩固和扩大根据地，讲血肉难割舍的军民鱼水情。

在靖和浦苏维埃政府遗址前，他讲述先辈们当年发展党组织，壮大武装力量，发动群众运动，开展土地革命的英雄壮举，荡气回肠，振奋人心。

在中国工农红军闽南独立第三团团部指挥部旧址，他讲述这支由毛泽东同志亲自缔造、组织创建的"英雄铁军"，如何以数百名钢铁之躯，抗击数倍于己的敌人的多轮进攻，守卫闽南土地革命战争成果、开辟革命根据地、南征北战、驰骋疆场，为中国革命胜利和人民解放立下赫赫功劳。

青冈树下，是漳州人民抗日义勇军总指挥部旧址，在这里，他有声有色地讲述着铲除汉奸、抵制日货和救国宣传的故事，令人热血沸腾……

村里的每一棵古树、每一处老宅、每一个山洞，之于林锦城，都有浸入血脉的红色记忆。他不同于那种将海量资料烂熟于心却机械讲解的导游，他是个"从小听外婆讲、听父母讲、听村里老人讲、听老师讲红色故事长大"的欧寮人，他讲述欧寮故事，带着情感，带着思念。他说，为外地朋友讲述欧寮的过去和现在，是他的责任、他的骄傲。

一双珍藏的象牙筷子

不经意的餐叙中，林锦城不小心泄漏了"家底"——

小时候，他常常看到外婆把珍藏在箱底里的一双洁白晶莹的象牙筷子拿出来，她总是双眼噙着泪，喃喃自语，一遍又一遍地擦拭着、抚摸着、端详着，然后一层又一层地用红

象牙筷子　　　　　　　　　　　（欧寮村　提供）

布包好，小心翼翼地藏起。此时的外婆，郑重其事，从容自若，与她平日里为生计忙碌的节奏完全不同。锁好箱子，她会坐在床头，掐掐手指，轻轻叹息，默默流泪……怯怯的小锦城躲在一旁静静地看着，大气不敢出。他知道，这双闪烁着银光的象牙筷子和那把色泽已旧的油纸伞，是红三团首长率部离开欧寮转战疆场时，送给继续留在当地开展革命工作的外公的纪念物。睹物思人，外婆想必是思念在第二次国内革命战争中牺牲的外公了。

林锦城说，直至听到《十送红军》这首歌后，才猛然醒悟，那简单质朴、撼

人心魂的字字句句，才是外婆的心声、欧寮人的心声——"恩情似海不能忘，红军啊""朝也盼夜也想""盼望早日传捷报""革命成功早回乡"……岁月并没有消磨掉欧寮人心中的执念，他们守心自暖，静待明天，人人心中都有一座"望红台"。被人称为"红军婆"的外婆，还想再为红军洗衣、做饭、送信，欧寮人心心念念盼着和红军一起生活劳作、和平守望的日子还能再来。

据说，中华人民共和国成立后，红三团首长曾想回到闽南，回到这片他们战斗过的土地上。他们想回欧寮看一看，想围坐在榕树下，和乡亲们谈天说地，想再吃一顿"红军婆"做的粗茶淡饭，还有那香喷喷的竹笋干。可是无奈山高路远交通阻隔，寸阴尺璧，终究还是未能成行。

外婆压在心间的愁绪又多了几分。

如今，外婆早已去世，她捐赠给文物部门的那双象牙筷子，仍然在对后人叙述着战火纷飞年代的前尘往事……

一辆退役的解放牌汽车

在欧寮，更让林锦城和村民们津津乐道的，是开国将领卢胜的深情厚谊——

1932年底，21岁的琼崖革命青年卢家扬（卢胜）受党组织派遣，从万泉河畔辗转来到闽南从事军事斗争，次年参加闽南红军第三团，其时，国民党的十九路军正奉命在福建"剿共"，靖和浦苏区战争频仍。他经常率部在大山里与敌周旋，牵制国民党军对根据地的"清剿"，打击地主团防武装，帮助地方建立革命政权。1935年秋天，威震四方的卢胜，受中共闽粤边特委指派，带领红三团第四连40多名精干武装，去开辟云和诏边区，建立革命根据地。从欧寮出发时，卢胜代表全体指战员接受任务。为了坚定必胜信心，他特意把名字"卢家扬"改为"卢胜"，并沿用一生……

主力红军长征后，卢胜留在闽南地区坚持三年游击战，他攻城拔寨，身经百战，这位土地革命战争时期闽粤边红军的重要领导人和闽南乌山革命根据地的主要创始人，转战南北，戎马一生，被毛泽东称作"革命的卢俊义"。但是，即使身居高位要职，他心中依然牵挂和思念的，是闽南，是欧寮。几十年来，他目光所及、

1992年卢胜将军夫妇来平和　　　　　　　　　　　　　　（林泽霖 翻拍）

脚步所及、关切所及，都离不开那个他战斗了多年的地方。

　　欧寮人是有心灵感应的，他们也想念将军。思念那个骁勇善战的红军阿哥。他们知道将军在省城当大官，但不敢去打扰他，他们静静地等待着机会。

　　这一天，终于来临。

　　20世纪80年代初，去往欧寮的乡村公路修通，欧寮人结束了祖祖辈辈在羊肠小道上艰难跋涉的历史，这是欧寮的大事啊，怎能不在第一时间去向将军报喜？

　　时任欧寮村支书的林铜铃和村主任林庆金，抑制不住内心的激动，合计着要去省城见朝思暮想的亲人。那一日，从未出过远门的两位老搭档，带着从自家菜园子里采摘的瓜果蔬菜和积攒了多时的土鸡蛋，辗转颠簸，从将军曾经生活和战斗过的欧寮村出发，经平和，过漳州，风尘仆仆，日夜兼程来到福州。

　　说起当初见面的情景，80多岁的老村主任仍然兴奋不已。他一边为我们泡茶，一边手舞足蹈："……一听说有欧寮来客，将军立马吩咐通信员把我们接到军区招待所安顿好。下班后，将军来到招待所，见我们在门口迎候，他快步跑来，在我们面前停下，立正，敬礼，然后伸出双臂，把我们紧紧拥抱。"

那天晚上，将军与欧寮的"村官"在省军区招待所促膝长谈，问人问事问庄稼，问山问水问收成，一会儿热泪盈眶，一会儿神色凝重，一会儿开怀大笑……

第二天，将军安排好车，要带他们游鼓山。他们推辞，将军说："别客气别客气，回来到我家吃饭，夫人已经备好了菜。"

晚饭时，将军告诉他们，他已调拨一辆退役的解放牌汽车，作为贺礼送给刚开通公路的欧寮村……

"那时候，整个平和县只有两辆解放牌汽车！你看欧寮人面子大不大？村里那个从老山前线退伍回来的汽车兵，开着那辆'解放牌'在新修的砂石路上来来回回，车屁股扬起一片又一片尘土，得意得很呢！"老村主任告诉我，后来，村里建小学、建水电站，都得到将军的关心和支持。当时的将军，早已离休，他帮着跑老区办，跑有关厅局，村里才得以填补资金缺口，顺利完成项目建设。

当林铜铃和林庆金拎着丰收的蜜柚和芦柑，代表欧寮人去表示感激之情时，将军紧紧地握住了他们的手："应该感谢欧寮的父老乡亲！当年，是老区人民的顾全大局和无私奉献，才有了人民军队战胜敌人赢得胜利的坚强信念和保证啊！"

让林铜铃和林庆金遗憾终身的是，在将军告别人世时，他们没机会去送上一程。20多年来，只能每年清明，对着将军的遗像，深深三鞠躬，把欧寮一点一滴的变化，轻轻地诉说着，告慰将军的在天之灵……

我从老人们对后辈肯定的言语和赞许的目光中，知道了欧寮的秋天，是没有安排凋零和萧瑟入场的。这里到处都挤满了饱满和飘香。清清爽爽的风，吹走了烦躁，吹熟了瓜果，吹醒了大地，吹动了万种风情，带来了吉祥。欧寮，这方曾经庇护和养育工农红军的山水田土，在林锦城他们这一帮后生仔的带领下，正以她特有的姿势，走出一条铺满鲜花的康庄大道……

鸿雁高飞，一举千里，欧寮人仰天长问："将军，您可看见了红色欧寮的绿水青山？"

靖和浦苏区革命历史陈列馆（李润南 摄）

回望欧寮
六个红色小故事

◎ 林朝晖

国庆前夕，我来到欧寮村，沿着当年红军走过的足迹寻梦，在弯弯曲曲的路上、在高高耸立的山林、在涓涓流淌的河边。我每拾起红军不慎遗落的梦，心里都会生出感动和泪水……

一、星星之火

三年游击战争时期，国民党反动派为了彻底消灭活动在欧寮村深山老林中的红军部队，实行惨绝人寰的"三光"政策，即把欧寮村的百姓房子烧毁，把粮食抢走或者烧掉，把当地百姓赶下山，让红军无法在欧寮山中获得援助，从而阻断他们的生存。当时欧寮村有座大楼因红军在此居住和办公开会而得名，黄会聪、何浚、卢胜等革命领导在此生活办公过，国民党军队将红军在欧寮村重要的办公地点视为眼中钉、肉中刺。

1934年农历十二月初三，正值欧寮寒冬时节，国民党大批人马气势汹汹地来到欧寮村"围剿"，在欧寮实行"三光"政策，把大楼烧毁。大火从一楼粮仓开始慢慢烧起，直到第二年年初才熄灭。期间，有群众想灭火，皆被国民党军队阻拦。

大火散去，百姓积攒了一年多的粮食被烧成灰。为了生存，当地百姓不得不在被烧的粮仓里寻找还未烧透的粮食煮成稀粥，这稀粥很特别，远远看去像红糖粥。

日常生活中，人们吃到的红糖粥口味浓甜，而烧后粮食煮成的稀粥看上去虽然像红糖粥，但吃起来，有焦苦味、酸味和其他异味。虽然难以下咽，但为了生存，当地老百姓不得不咽下去。为了给艰难的生活增添一点乐趣，百姓给难吃的红糖粥编了一首顺口溜："红糖加在粥里香，滋肾补肝又明目，润肺化痰效果好，利尿排毒百病除！"

今天，我在这块红军战斗过的地方流连，我的目光穿越时空的隧道，落在当年的红糖粥上。

透过红糖粥，追寻燎原的星星之火。在这里，你可以看到它曾是那么微弱而又那么顽强地闪烁；追溯澎湃的大河，在这里，你可以看到它涓涓细流滥觞的源头！

靖和浦苏区革命历史陈列馆

（李润南 摄）

二、黄连树下弹琵琶

在延安，美军观察组访问陈毅。当美军观察组问起红军主力长征后，留守红军如何生存？陈毅感慨万千地说："我们就像野兽一样地生活。"

这是当时红军游击队生活的真实写照。

在那段峥嵘岁月里，国民党军队四处设卡，严密盘查过往行人，群众与游击队的联系被割断。游击队的日子虽然过得清苦，但革命热情空前高涨，他们凭着欧寮村崇山峻岭的天然屏障，与国民党军队展开了一次又一次战斗，用生命和热血染红了欧寮村的杜鹃花。

在深山老林，红军游击队员们虽有黄连树下弹琵琶的快乐，但也有常人难以想象的艰难与困苦。因为没有粮食，他们只能挖野菜、吃竹笋，以及各种野果。风餐露宿是红军官兵的真实写照，除了难忍的饥饿，还缺衣少穿。严寒的冬天，红军穿得单薄，冻得瑟瑟发抖，手脚麻木，有时连枪都拿不住。遇上下雨、下雪，队员们只能在大树下、山崖边、茅草棚、背风处躲一躲，还要防范被国民党军队发现。在这样艰苦的环境下，大家都没有怨言，他们在深山密林里度过了13个年头的除夕。

每年除夕来临，游击队员们或爬到树上、或在山洞、或在山林里，仰望皎洁的月亮，开始思念家里的亲人。他们思潮起伏，但手里的枪却紧紧地握着，因为他们要时刻警惕国民党军队上山"围剿"。

其实，红军战士们并非不食人间烟火，他们有七情六欲，儿女情长。平日里，他们会趁着国民党军队放松警惕之机，偷偷回家，看望一下亲人朋友，帮忙做一下家里的农活。

可在家里没待几天，红军战士们又要迅速潜回山中，以躲避国民党军队的搜捕。时间一长，这种行为就成为一种习惯。红军官兵们像小蜜蜂，在山与家之间来回穿梭。每次红军悄悄地回家，村庄就会有两只一条不知从哪里跑来的小黑狗，像见到亲人一样，做起红军的向导，红军回到家，猪圈里的猪便兴奋地嗷嗷叫，牛则摇着尾巴，亲昵地靠上前。

时间一长，红军的这种行为成为一种习惯，家里养的猪、牛也与红军达成默契，

靖和浦苏区革命历史陈列馆内景 　　　　　　　　　　　　（李润南　摄）

只要红军吹一声口哨，它们便摇着尾巴，跟着红军往深山老林里走，在深山老林待上几天后，便摇着尾巴，大摇大摆地回到家。

百姓们见了，乐呵呵地对着猪和牛喊："喂——猪啊，牛啊，你们从娘家回来了哟！"

猪和牛听了，骄傲地昂起头，发出响亮的叫声，那叫声迟缓而凝重，温暖且熟悉。

三、生与死

当英勇的红军战士在长征路上披荆斩棘时，福建各苏区面临着一场浩劫。当时，国民党军队对苏区百姓进行疯狂地报复，叫嚷石头要过刀，茅草要过火，人要换种。

白色恐怖统治下，欧寮村的农民生活很困苦，因为国民党军队实行灭绝政策，杀了很多人，欧寮村的基层党组织遭到破坏，武装力量也很薄弱，再加上闽粤边

区延续了"左"倾教条主义，实行"肃反"政策，很多革命同志被错杀，这使欧寮村的上空笼罩在一层阴云，当地群众不得外出，来往走访的亲戚和陌生人如果来到欧寮，就像进了地狱，被关押或被杀很多。日子长了，亲戚朋友都不敢来欧寮村，一来怕泄密，二来怕杀头。以至于当地流传这样一句话：欧寮窟，有入没出！

那段时间，红军游击队像流失在红军主力弹奏的主乐章之外的落单音符，没有了悦人的乐调。但欧寮村的树林掩映着红军游击队的青春，掩护着红军游击队的声响，欧寮村的山山水水，成了红军游击队的有力守护者。为了消灭红军游击队，凶恶的敌人一次又一次封山，一次又一次用火烧山。然后，野火野不尽，春风吹又生，红军游击队依旧顽强地存在。

今天，我在欧寮村重峦叠嶂般的云朵和山树之间行走，我仿佛看到红军战士血管突出的筋络和肌腱；我仿佛又听到依稀的枪声……

四、埔尖山战斗

埔尖山位于福建平和县欧寮村旁，是红军特委机关的驻地。1934 年 11 月，福建省驻闽南保安团沈东海部探知这一情报，遂率反动武装 500 多人，恶狼般兵分三路直扑而来，企图偷袭特委，破坏秋收。特委得悉后，立刻召集连以上干部开会，商量对策。在会上，大家分析了敌我形势，认为埔尖山地形好，决定采用"布袋嘴"的打法，"引猪入槽"而歼灭之。当时，沈东海部驻扎在三坪书院和许霜楼一带。为了诱他上钩，红军游击队先派了一个短枪班活动到三坪书院附近，突然向敌开火，沈东海不知是计，立即命令保安团上山追击。当敌人窜进我军预设的包围圈后，红旗展现，军号吹响，埋伏在两侧的部队一齐开火，一群群视死如归的热血汉子，挥舞着大刀、长矛冲入敌群，与装备精良的国民党军队进行殊死搏斗。顷刻间，满山遍野，都是横陈的尸体和断刀残枪，纵横沟壑，流淌的尽是殷红的血水……埔尖山一役，我军共毙伤敌 100 多人，缴获重机枪 2 挺，各种枪支 100 多支，军用品 30 多担，我方伤亡 8 人。战斗结束后，游击区军民个个喜气洋洋，连欧寮、横石、三坪等地的群众也赶来，帮助红军运送战利品。时值秋冬之际，山高气寒，指战员们因打了胜仗，有了冬衣，心里别提有多高兴了。

如今，埔尖山战斗的动人事迹，一直以口口相传的方式存活在欧寮村百姓的生动讲述中，这些生动鲜活的语言，饱含着对红军游击队的赞誉，隐含着分析，藏存着敬重，更是欧寮村百姓真实的历史回音。

五、鱼水情深

红军埔尖山大战胜利后，国民党对红军和欧寮更是恨之入骨，曾经多次带大批人马到欧寮进行疯狂的"三光"扫荡。

有一回，国民党军队搞突击扫荡，百姓为了自保，大多数迅速逃离进入深山，躲藏在之前多次逃避时准备的隐蔽石洞或茅草寮。百姓都是土生土长的，对本村的地形和小路都熟悉，转移逃离速度很快，这次逃离唯独老黄（可能是保密要求，群众不知道是黄会聪，只知道是姓黄，又是领导，虽然年轻，群众也都称他老黄）最为惊险，因身患肺病，且长期在国民党死盯不放的苏区工作，工作异常的危险和艰苦，延误治疗。身体病弱，环境生疏，根本跟不上迅速逃离的群众。有位群众立即背起他，摸黑抄小路钻荆棘，跌跌撞撞地逃出国民党军队的包围圈，渐逃渐远，直到听不见国民党军队疯狂的扫荡声音才敢稍停。这样的生死逃亡，更加深了红军和群众的感情。

几年的游击战争异常危险和艰苦，延误了老黄的病情治疗，1936 年病情开始恶化。特委决定送老黄去上海治疗，又担心被国民党军队发现的危险，由欧寮的群众林主意和张万金轮流背着老黄，带着老黄的妻子，走比较隐蔽的小山路，披荆斩棘，一路坎坷经峨眉山再到小溪，乘船去上海治病。

翻开厚厚的史料书籍，我们能发现三年游击战争之所以能够取得胜利，是因为有许多与红军心心相印的百姓，红军与百姓鱼水情深。人民群众是红军强有力的靠山，他们不顾国民党的高压政策，冒着生命危险，把粮食、药品、日用品及情报源源不断地送给红军游击队，在他们的无私援助、牺牲、贡献下，红军游击队才有了坚强的后盾，更加顽强、英勇地同国民党军队进行殊死斗争，胜利坚持了艰苦卓绝的三年游击战争后，红军游击队从欧寮村的一条条山沟里走向了抗日的前线，他们步履铿锵，怀着理想，高歌猛进。

六、心有千千结

1932年4月，中央苏区红军东路军攻克漳州，闽南党组织根据上级指示和随军进驻漳州的中央红军高层领导毛泽东的指示，在南靖、平和、漳浦等县边区发动群众扩大武装，组织"小苏区，小红军"，原来宣传组织群众较早的小山城和车本、欧寮一带，工农运动的烈火更是迅猛地燃烧着。在火热的运动中，年轻小伙子何清标担任欧（寮）车（本）横（石）乡苏维埃政府主席，同时兼区苏政府委员。他的妻子吴红毛也参加了党组织，为乡苏政权妇女部长，夫妻一同踏上生死与共的漫漫革命征途。

在何清标漫漫的革命征途中，他多次被捕，受尽酷刑，但始终坚守党的秘密，从未出卖组织。红毛始终陪伴左右，他们相互支持、互相理解、共同成长，展现出了至死不渝的坚定信念、无私奉献的高尚品质。他俩唯一的爱子何锦和因投身革命事业，被敌人残忍杀害时，年仅15岁。这是一个青春刚刚绽放的年纪，他却凛然地走向了刑场。

靖和浦苏区革命历史陈列馆内景 　　　　　　　　　　（李润南 摄）

何锦和就这么走了，他带着对自由的向往与憧憬，拥着革命的热情与热血，奔向历史的浩荡卷帙，洒下一片粲然、凛然、傲然。

儿子为国捐躯，何清标和吴红毛肝肠寸断，但为了革命事业，他俩忍住巨大的悲痛，将儿子生前劳动所得的 1500 斤谷子和一头粗壮的大水牛，全部献给了自己的队伍。

进入新时代，何清标和吴红毛忠贞不渝的爱情故事依旧是欧寮村百姓津津乐道的话题，那朵在血与火的洗礼中绽开的爱情之花在这块土地上闪耀着纯洁的光芒，成为人们在生活中寻找力量和信心的源头。

结　尾

时事变迁，沧海桑田。进入新时代，欧寮村将红色文化传承作为建设重点，以"红色"为总基调，巧妙注入人文元素，修缮了闽粤边特委机关和靖和浦苏维埃政府两个旧址，打造"红色"美丽乡村，进一步挖掘欧寮村的红色文化，增加民宿、滑草场等体验项目，把欧寮村打造成红色教育基地和乡村旅游的示范村，以此助推乡村振兴战略。

在欧寮村的土地上行走，我浮想联翩。恍惚中，我依稀看到远方的草丛中躺着一个 30 多岁的红军老战士。他闭着眼，脸上透着浅浅的微笑。老战士在做梦，他梦想自己将来娶上漂亮的媳妇，能住上宽敞的房子。于是，他的脸上便有了微笑……

转眼间，草丛中的老战士变成了一个留着络腮胡子的红军指导员，他闭着眼，左手却紧紧护着胸口，原来他的内衣口袋里有一封妻子的来信，妻子在信口告诉指导员，他已经当爸爸了……

过了一会儿，草丛中又幻出一位刚参加红军的小战士，他闭着眼，脸上透出天真的微笑，他梦见到这世界上最疼爱他的妈妈了，妈妈正为他做世界上最可口的饭菜……

我的思绪在蓝天白云间飞翔。我走进了一个个普通而又伟大的红军战士梦里，每个梦都是那样的新鲜生动，催人泪下。为了梦想变成现实，他们有的挥舞大刀冲入敌营，有的手抱炸药与敌人同归于尽，有的打完子弹英勇地跳下悬崖，有的身戴脚镣手铐奔赴刑场……

今天，我在红军游击队当年战斗过的地方寻梦。我轻轻地来，生怕惊醒九泉之下烈士的英魂。红军那种"红军不怕远征难，万水千山只等闲"的磅礴气势，无时无刻不震撼洗涤着我的心灵。有时，连一个焦黑的树疙瘩，也会在我心里激起千层万重的波浪。

当我轻轻地离开时，我站在高处眺望欧寮村，只见道路两旁红旗飘扬，许多民房的墙面都绘着"红色"壁画，群山环抱下的民居排列规则有序，粉墙黛瓦掩映其中，或依山毗麓，或藏于林间，与周围的自然环境浑然天成。我相信那些为了革命事业英勇牺牲的红军战士们如若有灵，俯瞰那块烟波浩荡，气象万千的土地，一定会心生无限感慨。面对新时代的变迁，一定会有很多赞美的词句，汩汩地汇成一条奔涌的河流，去诉说欧寮村的美好未来！

靖和浦边区苏维埃政府旧址
——闽南重要的红色文化符号

◎ 陈小玲

  在太极峰下，沿着九龙江南溪水源下行，途经弯弯曲曲的山路，不远处便是南胜镇欧寮村。这里原是个名不见经传的地方，由于远离尘嚣飞扬的城市，也就没有引起多少人的注意。随着政府对红色文化遗存的梳理，这才显示出自己的"峥嵘"。它位于平和南胜镇、文峰镇与龙海程溪镇（早先隶属南靖）交界处，是革命老区基点村，闽粤边特委、靖和浦苏维埃政府和闽南红三团的中心根据地。眼前的靖和浦苏维埃政府旧址是闽南重要的红色文化符号，它召唤着人们去崇仰和怀想。

  靖和浦苏维埃政府旧址广场里的展板形成内涵丰富的公共空间，透过展板内容，可一睹闽南大地上曾经波澜壮阔的革命风云——就在这里，建立了毛泽东批示的小苏区。

  时光回溯到那个战火纷飞的年代。1930年冬，中共福建省委派陶铸等到漳州加强党的领导，重建中共闽南特委，整顿工农武装。12月，南北乡两支游击队伍合并，正式成立闽南红军游击队第一支队（后简称"红一支队"）。之后，队长王占春带领红一支队把活动区域扩大到包括欧寮在内的靖和浦边界。

1931 年 12 月，邓子恢接替陶铸工作。

1932 年 2 月，邓子恢、李金发、王占春等率红一支队进驻小山城，组织农民起义，成功抵制"飞机捐"。

1932 年 4 月，中央红军攻克漳州时，初步建立起以小山城、龙岭为中心的包括平和欧寮、三坪、五寨、程溪、洋尾溪在内的 30 多个乡村，纵横百余里的靖和浦红色区域。

毛泽东同志在分析形势以后致电周恩来——已与邓子恢见面。"南靖、平和、云霄、漳浦、龙溪五县相交之龙溪圩，距漳州八十里，有一个红色游击区，群众约四万人，漳州南乡有一个六十人的红色游击队。现决以龙溪圩为中心，向南、平、云、浦、龙五县扩大游击战争，创造小红军、建立小苏区"（摘自 1932 年 4 月 22 日《今后中心任务和新区、白区工作的意见》）。闽南地方党组织根据毛泽东等领导人确定的将工作重点放在发展闽南游击战争，扩大农村革命根据地的指示，抓紧扩大以小山城为中心的苏区，开辟新的农村红色区域。5 月中旬，漳浦、龙岭分别建立苏维埃政权。漳浦的车本，平和的欧寮、三坪、山前、上坪庄和南靖的龙溪圩、南浦厝等地也先后建立了革命委员会。5 月下旬，在中央红军选派的一批军事干部的协助下，中国工农红军闽南独立第三团正式成立，随后，红三团以平和南胜尪仔石山为据点，深入南胜、五寨、文峰等地开展革命活动，发展党的组织。在中央红军的推动下，靖和浦革命根据地最终形成了⋯⋯

1933 年 12 月初，漳州中心县委得知福建事变发生，即根据有关材料，发出《为人民政府告闽南民众书》。红三团利用福建事变的时机，积极恢复和发展靖和浦革命根据地的斗争，开展土地革命。1934 年 2 月，厦门中心市委派黄会聪等到漳州召开漳州中心县委第四次扩大会议，传达中华苏维埃共和国第二次全国苏维埃代表大会精神，强调漳州党的紧急任务是抓紧扩大土地革命，在根据地内分田，建立苏维埃政权，扩大抗日义勇军武装等。根据会议精神，漳州中心县委深入靖和浦中心区组织群众开展大规模的分田运动，以漳浦山城为试点，取得经验后在靖和浦革命根据地全面铺开。至当年夏种前，靖和浦边区有 14 个乡完成分田、查田工作。

时间定格在 3 月 18 日。就在这一天，靖和浦边区召开了苏维埃代表大会，正式成立靖和浦边区苏维埃政府，推选林路为主席、吴庭坚为副主席，苏维埃政府机关设在平和南胜欧寮楼仔村。政府下辖欧寮中心区，五南区和 18 个乡苏维埃、1 个乡革命委员会，总人口近 2.8 万人。政府内设经济委员、军事委员、土地委员和肃反委员等。靖和浦边区苏维埃政府的成立，在红色革命历史进程中留下了深深的辙痕。就在这里，实现了红色版图的全面扩展。

旧址孕育了传奇。1934 年 8 月，中共闽粤边区第一次代表大会在平和南胜邦寮山召开，正式成立中共闽粤边区特别委员会。特委下辖靖和浦县委，饶和埔诏县委及潮澄饶县委，所辖武装力量有闽南红三团、潮澄饶红三大队、潮澄饶特务大队和饶和埔诏游击队，所辖红色区域为饶和埔诏苏区、靖和浦苏区和潮澄饶游击根据地。特委成立后，靖和浦苏区成了特委重要活动区域。根据厦门中心市委的指示，漳州中心县委深入靖和浦中心区 14 个乡，在约一万多人口的地区，组织

（林泽霖 摄）

靖和浦苏维埃政府机关旧址　　　　　　（李润南 摄）

群众开展大规模的分田运动。分田后，翻身农民当上了土地的主人，生产积极性空前提高，革命斗争情绪更为高涨。分田以后，大部分妇女参加了妇女会。妇女会组织了洗衣队、慰劳队、舂米队，耐心地护理伤病员，积极耕种红军公田，动员新人参加红军；组织少先队和儿童团参加草鞋班、裁缝班、工作训练班，一边为红军编草鞋和做军服，一边学习文化，同时担负起站岗放哨的任务。为了保卫苏区，保卫土地革命的胜利果实，各种地方武装也相继成立……

1934年10月，靖和浦苏维埃政府在平和五寨石门村发动群众，创办了苏区第一个合作社——石门合作社，解决了苏区人民日常生活用品的需求。后来在三坪、欧寮、茅坪等村也成立了合作社。自1934年底开始反击敌人"围剿"以后，当地取得了很大胜利，打破了敌人的军事、经济封锁，打击了敌人的嚣张气焰，壮大了人民武装力量，扩大了革命根据地和游击区。

靖和浦边区苏维埃政权的建立和土地革命的深入开展，对闽南各县产生很大的政治影响，平和革命根据地因此从靠近粤东和闽西的西部区域向靠近漳属各地的东部区域方向扩展，实现了红色版图的全面扩展。

就在这里，老一辈革命家陶铸、邓子恢、林路等革命家浴血奋战，革命星火从这里向闽粤边燎原。

夏日的阳光透过大门把厅堂照得分外明亮。走进旧址，我在右边墙壁上的两个展板前驻足凝思。展板里有主席林路、副主席吴庭坚的个人简介。林路（?-1938），福建龙岩人。1928年加入中国共产党，1930年到闽南任中共漳州县委组织部部长，1934年3月任中共靖和浦县委常委、靖和浦苏维埃政府主席、闽粤边特委委员。1936年底任平和县委书记，1938年1月任中共漳州中心县委常委，6月14日在平和小溪遭国民党顽固派暗杀；吴庭坚（1893-1943），福建漳浦人。1931年加入中国共产党，次年担任大坪、中西苏维埃政府秘书，1934年任靖和浦中心县委委员兼中心区委书记、靖和浦苏维埃政府副主席，1935年春深入梁山建立革命根据地，后任浦南区委书记，先后建立18个党支部、7支农民赤卫队和抗日义勇军。1937年底任中共漳浦县委书记，1939年在蔡国版变投敌后，带领同志在山内开荒生产，分散隐蔽，保存革命力量，1943年2月在虎崆岩英勇牺牲……望着展板，我感受到一种强烈的震撼。遥想当年，为了推翻那魑魅魍魉的世界，为了心中的红色信仰，他们用钢铁般的意志，用血肉之躯，去唤醒人们心中的光明和希望，成为挽救中华民族危难的脊梁……

欧寮村村部广场上的雕塑　　（李润南　摄）

一个一个展板，展示了关于靖和浦苏维埃政府的斑斓记忆，成为剪辑翔实的纪录。

绿意花丛深处的靖和浦苏维埃政府旧址为普通的两层楼瓦房，门前悬挂着福建老区革命遗址、平和爱国主义教育基地、平和南胜镇国防教育基地等牌子，显得气韵不凡。生活在这片土地上的人们，生活被烙上了红色的印记。法国哲学家、社会思想家福柯曾

靖和浦苏维埃政府旧址老物件　　（林泽霖　摄）

说："必须要有某个标记，使我们注意这些事物；否则，秘密就会被无限期地搁置。""没有记号，就没有相似性。相似性的世界，只能是有符号的世界……相似性知识建立在对这些记号的记录和辨认上。"在欧寮，红色文化符号不是抽象的概念，它通过历史呈现。靖和浦苏维埃政府旧址是欧寮最重要的红色文化符号之一，也是闽南重要的红色文化符号。在我眼里，它变得厚重起来、深邃起来。

夏日雨后，太阳和暖，不时衣袂飘掠，鬓影逸动。不知游览者是否有如我一般的心思，怀有一样的情愫，追索着关于靖和浦苏维埃的传奇，接受革命精神的洗礼。

百战归来白发新

◎ 张山梁

位于欧寮村楼门顶内的中国工农红军
闽南独立第三团指挥部旧址展馆部
（欧寮村 供图）

红三团，一个在漳州地区响彻近百年的称谓，无论是达官近贵，还是贩夫走卒，莫不耳熟能详。可以这么说，红三团是漳州红色文化记忆中的一个响亮符号。

其实红三团只是一个简称而已，其全称是中国工农红军闽南独立第三团，是一支创建于1932年间的红军队伍。1932年，对于中国革命史，尤其是漳州革命史，是一个极为特殊的年份。那一年的4月20日，毛泽东、聂荣臻、罗荣桓等老一辈革命家，在粉碎蒋介石反动派第三次"围剿"之后，率领中央红军东路军，挥师直指南下，攻克闽南重镇漳州。紧接着，中央红军持续扩大战果，迅速分兵进驻长泰、漳浦、石码、海澄、平和等地。毛泽东在漳接见王占春、邓子恢等漳州党组织代表，给予热烈赞扬和对下一步的工作指示，并从军事干部、武器装备上给予支持，派出干部20多名红军干部骨干充实到闽南游击队工作，拨出从敌人缴来的武器充实游击队装备。

红军进漳六日后，成立了"闽南工农革命委员会"，选举王占春为主席，邓子恢负责主持军政委员会工作。五月初，在紧挨着欧寮的漳浦龙岭、山城等地建立苏维埃政府，开展分田斗争，建立第一、第二两个大队的游击武装，有200多人。第三大队则留在漳州保卫闽南革命委员会。不久，又由石码、海澄、南乡、中北乡的赤卫队编成第四、第五两个大队。五个大队的指战员共计600多人，在中央红军离漳前夕，五个大队集中到漳浦城关整编，由邓子恢宣布，正式成立中国工农红军闽南独立第三团（简称红三团，原大队改称为连），团长冯翼飞，副团长尹林平（中央红军留下的干部），党代表王占春，政治部主任谢小平，各连政委分别为何鸣、何浚、林和尚、林开昌、黄坤元，正副连长有陈天国、余天助、刘胜、

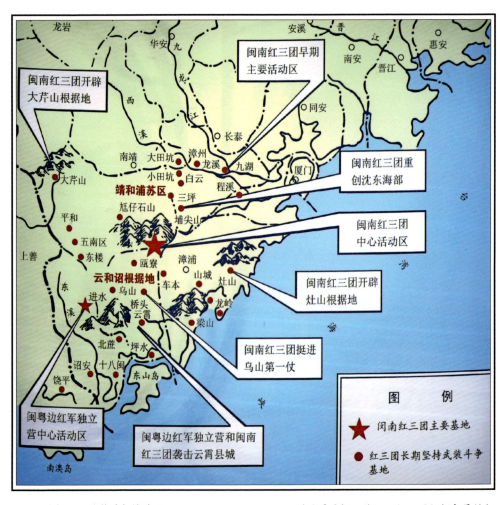

闽南红三团武装斗争战略图 　　　　　　　　　　（林泽霖摄于楼门顶红三团指挥部展馆）

陈盘、王却车、陈志平等。当时红三团的任务是继续打土豪、分田地，建立苏维埃政权，扩大红军队伍，巩固和发展靖和浦革命根据地。

这就是赫赫有名的"红三团"。

之后，红三团在包括欧寮、三坪、车本在内的靖和浦根据地开展游击战争，并不断壮大成长。特别是在中央主力红军长征后，红三团与数倍于己的国民党反动军队进行殊死的斗争，有力牵制了国民党军队对长征红军的围追堵截。

中央主力红军退出漳州后，国民党军队纠集了民团也开始向靖和浦革命根据地发动了疯狂的"清剿"，开展围乡、抄山、拘捕等行动，企图一举歼灭红军。一时间，欧寮、邦寮、三坪、山前一带，乌云密布，军情告急……特别是在埔尖、车本的反"清剿"战斗中，欧寮、邦寮等村的群众，男女老少齐上阵，运弹药、送粮食，有效保障提供了后勤供给；抬担架、救伤员，及时抢救安置了受伤红军。在军事"围剿"的同时，国民党反动派还实施经济封锁，企图困死红三团。面对那坚壁清野的困境，是欧寮、邦寮、三坪、山前等村的群众，把省吃俭用节约下来的粮食、蔬菜以及日常用品，千方百计冲破敌人的封锁线，源源不断地送到红军手中，帮助红三团渡过难关。正是有了如此紧密的军民鱼水情，才确保了红三团在那样艰困的条件下依然保持旺盛的战斗力。

土地，始终是中国老百姓的命根子。1933 年底，驻扎在靖和浦边区的红三团抓住国民党疲于应付"福建事变"的有利契机，积极配合中共漳州县委认真贯彻"依靠党的明确阶级路线，依照苏维埃的土地法令，彻底解决土地问题，使土地真正落在雇农、贫农、中农的手中"的精神，全面开展分田运动，烧毁旧田契，取消一切债务，确定土地所有权，实行土地革命，在欧寮、邦寮、三坪、山前一带出现了"分田分地真忙"的景象，真正圆了老百姓千百年来所梦寐以求的"耕者有其田"的梦想。分到田地的欧寮、邦寮农民，把长期憋在心中的劳动热情释放出来，一方面大力发展生产，另一方面也知恩图报，腾出房屋，接待前来整训的红三团指战员，还有数十位年轻人报名参加红军，壮大革命队伍。此时的欧寮、邦寮山、外寮、中寮尖……寮寮呈现出一片"分田地、种地忙，整军纪、训练忙，军帮民、民拥军"的热闹、融合、互助、互爱的新风景。

拥有自己土地的欧寮、邦寮苏区百姓，第一次尝到了革命的成果和丰收的喜悦，更加懂得革命的来之不易。漳州县委顺势而为，充分调动老区群众的革命情绪，引导好、保护好、发展好群众日益高涨的革命觉悟，1934年3月18日，在欧寮村召开靖和浦苏维埃代表大会，正式成立靖和浦苏维埃政府，下辖欧寮中心区、五南区和18个乡苏维埃、1个革命委员会，人口约2.8万人；苏维埃政府内设经济、军事、土地、肃反等若干委员会，机关设在欧寮楼仔村。欧寮因此也成为靖和浦的"红都"，被誉为"闽南延安"。那时的欧寮，到处充满着生机与活力，群众的脸上书写着快乐与骄傲。欧寮的小伙子组建了赤卫队，轮流站岗、放哨，监视敌人活动，一旦发生白军入山"清剿"，就马上组织群众疏散，隐藏到深山密林之中。欧寮的妇女姐妹参加了妇女会，组织了洗衣队、慰劳队、舂米队，编草鞋、做军服，耐心护理伤员，耕种红军公田，动员亲人参加红军，演绎了一场场"送郎当红军"的感人场面……而在靖和浦苏维埃政府机关里，政府主席林路带领各专业委员，组织民众发展生产，开展支前拥军，处理日常事务……忙碌的身影至今依然烙印

位于欧寮村楼门顶内的中国工农红军闽南独立第三团指挥部旧址展馆　　　　（欧寮村　供图）

在老区群众的脑海里，成为口口相传的故事。在硝烟散尽后的今天，那座曾经是靖和浦苏维埃政府机关的瓦房被修葺一新，善加整理，成为一个革命传统教育基地。当我们走进那座楼房，瞻仰先烈的革命事迹，感知到的是先辈革命意志的坚如磐石、革命斗争的异常残酷，感受到的是老区百姓无私的支持和拥戴。这是一趟心灵得到洗礼的旅程。

为了粉碎国民党对中央苏区进行第五次"围剿"的图谋，中共临时中央决定将漳州中心县委、饶和埔县委、潮澄饶县委合并起来，组成闽粤边区特委，直接归中央领导，并指派黄会聪同志组建闽粤边区特委，在敌人后方与侧翼猛烈开展游击战争，以牵制国民党东线主力部队。

那时，国民党反动派为实行"清剿"计划，实施"联保连坐法"，采取"移民并村"，强迫群众移民，坚壁赤野，以致欧寮、邦寮山等革命基点的村庄，房屋被烧毁，民众无房可居，大都移到南胜，还将移民山上的房屋尽数放火烧毁，人民愁叹，将及流离，社会处处凋零，民众一片哀鸿。妻孥鬻于草料，骨髓竭于征输。

位于欧寮村楼门顶内的中国工农红军闽南独立第三团指挥部旧址展馆　　　（欧寮村 供图）

当是之时，鸟惊鱼散，贫民老弱流离沟壑，上下汹汹，如驾漏船于风涛颠沛之中。从山上下来的移民，生活非常困难，吃、住都要靠别人帮助。移民下山，田不让种，只好偷偷去耕作，有的到外面去打工。有的到欧寮、邦寮山、尪仔石山去砍柴砍竹，也有的去种田。总而言之，民众苦不堪言。那时靖和浦苏区的情形，闽粤边特委书记黄会聪在给中共中央汇报时，是这样描述的：

> ……自从中央主力红军向西北发展后，敌人便实行大举"围剿"，到处建筑炮垒，与组织严密的经济封锁线及施行惨无人道的烧杀政策，敌军所到之处，所有的房屋与山林，尽行烧毁，农民所有的米谷工具衣服等东西，则大举抢劫与烧毁，所捕到的革合民众，初则一律格杀，后则实行所谓"剿抚兼施"的威吓与欺骗政策，强迫民众组织保甲与民团，并实行移民政策，将苏区中所有的民众都驱逐到白区去，同时将附近苏区或游击区的小村农民同样的移到他们统治比较坚强的大村去，并在乡村的周围圈篱打栅。敌人这一政策，明显的是要企图饿死我们，围困我们，使我们党与红军同民众隔绝，进而集中力量一下来消灭我们。

面对国民党如此这般残酷的"清剿"行动，红三团战士白天住在山上被火烧过的房子里，晚上再下山到被移民群众家里开展工作，并在艰苦的革命斗争中，与南胜、五寨一带的群众建立了鱼水般的良好关系。正如当时住在欧寮的红三团女干部吴珠清后来回忆所言："革命完全依靠农民。农民都很热情，我们的人一到，就给（我们）煮吃的，到哪一家就在哪一家吃……一个时期敌人驻村搜山，我们不敢煮饭。因为煮饭冒烟会被敌人看见，要到水沟边点火才行。白天晚上都不敢进村，群众见我们挨饿受冻心痛，千方百计叫老太婆带饭给我们吃。几个蛋、一罐饭，拿一根尖担装作挑柴，带上山给我们吃。"

1934年4月，黄会聪来到靖和浦中心县委（1934年3月，由漳州中心县委改称）游击区的欧寮、邦寮山一带筹建特委。1934年8月1日，中共闽粤边区第一次代表大会在邦寮山召开，正式成立中共闽粤边区特别委员会（简称闽粤边特委）。特委所辖的武装力量有闽南红三团、潮澄饶红三大队、潮澄饶特务大队、饶和埔诏游击队，所辖的红色区域有靖和浦苏区、饶和埔苏区、潮澄饶游击根据区。闽粤边特委的成立，极大调动了欧寮、邦寮一带群众的革命积极性，纷纷响应特委的号召，利用打土豪所得的款项成立合作社，家家户户参股入社，以多生产的形式支持革命。直到 1938 年 1 月 31 日，红三团奉命编入新四军二支队四团一营，从欧寮、邦寮等闽粤边游击支点的崇山峻岭出发，转战大江南北，从胜利走向胜利……

百战归来白发新，青山从此作闲人。如今的欧寮已是焕然一新，那些红三团战士百折不挠的革命精神、浴血奋战的英雄故事，成为当地百姓口口相传的红色记忆，并已转换成红色旅游资源，吸引着四面八方的人们来此凭吊先烈、缅怀峥嵘岁月，分享苏区绿水青山的美丽与恬适、富庶与幸福。写到这里，我似乎应该停笔了。但一股"如鲠在喉，不吐不快"的感觉始终萦绕在心头。应该说红三团在欧寮浴血奋战的真实历史，是要传承好、赓续好，但千万不可"耳食声寻，意度发挥"去阐释、消费那段峥嵘岁月，否则将适得其反，更是亵渎为革命真理而甘愿洒热血的红三团将士之英灵。这也是我撰写兹文的动力所在、心之所发。

邦寮山回望

◎ 林丽红

　　近几年，闽南平和县南胜镇欧寮村成了妥妥的乡村旅游热地。来自四面八方的人们不辞辛苦地来到这个平均海拔近 600 米的山村，除了享受山村新鲜的空气外，主要是为了在体验如同徜徉在矿泉水里一般的"神摇"漂流后，惬意地享受独特的南胜农家美食，在欧寮世外桃源般的青山绿水之间，做一回无忧无虑的快乐神仙。

　　今日发展的欧寮是绿色的，可欧寮更是红色的。在革命战争年代，这里是闽粤边区特委的指挥中心，是靖和浦苏维埃政府所在地，是驰骋于闽粤边的闽南红三团重要活动区域。每次上欧寮，坐在舒适的汽车里，望着前方崎岖盘旋的水泥山路，车窗外深不见底的深壑，这时的我总会有一个感慨在脑海里盘旋：今天的我以这样舒适便利的交通条件上山，都觉得头昏脑涨、昏昏欲吐；当年的红军游击队员是如何在缺吃少衣的艰苦条件下，背着笨重的枪支弹药在深山密林里奔跑出没，与敌人在枪林弹雨中交锋？得出答案：除了始终保持坚定的理想信仰和必胜的革命信念，真没有其他的。

从南胜镇区去欧寮村，必经过义路村邦寮山自然村。邦寮山因为在地理位置上与欧寮村紧邻，在革命历史时期与欧寮村可以说是山脉相连加"血脉"相连，在平和人民革命史中，它们就是连在一起的整体。因此，人们上邦寮山总会连着去欧寮村，去欧寮村也总要在邦寮山先做停留。

山风微甜，满目苍翠，不时飘来淡淡的柚香。在邦寮山村小组下车，手机显示海拔为700多米。沿着一段两旁树木掩映的石阶往下走，一幢闽南建筑特色的旧式土瓦房静静地伫立在山坳里。瓦房门前挂着开国少将、原福州军区副政委王直将军亲笔题写的"中共闽粤边区特委机关旧址"的牌子。屋内展陈室主要展示的是南方三年游击战争期间闽粤边区人民革命史。在这里，透过一些珍贵的历史图片和革命遗物，你可以大致了解当时的闽粤边区特委领导红军游击队和苏区人民群众与十倍于己的强敌进行殊死斗争，并在困境中顽强发展壮大的悲壮历史。如果不去了解那一段红色的历史，谁能想象得到，在深山里的这么一幢不起眼的矮房子，竟然是三年游击战争时期闽粤边区党组织的指挥中心。而因为那段峥嵘

中共闽粤边特委机关邦寮旧址

（欧寮村 供图）

闽南红军游击队开辟了以厄仔山为中心区域，包括漳浦小山城、龙岭，平和欧寮、三坪、五寨，南靖程溪、洋尾溪等30多个乡村，纵横百里的靖和浦红色区域。

闽南红军游击队建立的靖和浦红色区域　　　　　　（林泽霖摄于楼门顶红三团指挥部展馆）

岁月，它与"红军进漳""平和暴动"一起成为漳州载入《中国共产党历史》三件大事之一。

　　《中国共产党历史》第十二章里有一段关于"南方红军三年游击战争"的记述："从1934年下半年到1937年全国抗日战争爆发，红军主力相继战略转移后留在长江南北的一部分红军和游击队，在党的领导下，在人民群众的支持下，在江西、福建、广东、浙江、湖南、湖北、安徽、河南等八个省的赣粤边、闽赣边、湘赣边、湘鄂赣边、湘南、皖浙赣边、闽西、闽东、闽粤边、闽北、鄂豫皖边、浙南、闽中、鄂豫边和琼崖等十几个地区，展开了艰苦卓绝的斗争。""……黄会聪领导的闽粤边地区……都紧紧依靠群众，开展了不屈不挠、英勇顽强的游击斗争。"

没错，在南方红军三年游击战争时期，黄会聪领导的闽粤边地区红军游击战争的指挥中心"中共闽粤边区特委机关"就在我脚下的这块土地上。

1934年1月，厦门中心市委巡视员黄会聪正在江西瑞金参加中共六届五中全会。会议结束后，25岁的他有了新的使命：为粉碎敌人对中央苏区的第五次"围剿"，中央决定组建中共闽粤边区特别委员会，直接归中央领导，并指定他为特委书记。4月，临危受命的黄会聪回到靖和浦苏区根据地，着手开展筹建工作。靖和浦苏区根据地主要包括南靖县、平和县、漳浦县的红色区域，三县交界处有一座山脉连绵、崇高险峻的石屏山——当地俗称尪仔石山，尪仔石山山脉环抱着三县的义路、欧寮、三坪、车本、山城、龙岭、南浦、大坪等村庄。5月1日，闽粤边区临时特委会在欧寮村遥相对望的漳浦县车本村成立，黄会聪任临时特委书记。

而在此之前的3月份，漳州中心县委已经改称靖和浦中心县委，靖和浦边区苏维埃政府机关已经在欧寮村成立；驰骋在闽粤边区的闽南红三团也驻扎在欧寮村。在这种情形下，中共闽粤边区临时特委决定将特委机关设在欧寮村一带。8月，临时特委在欧寮附近的邦寮山召开第一次代表大会，正式在邦寮山成立闽粤边区特委，黄会聪当选为特委书记。特委下辖有靖和浦县委、饶和埔县委、潮澄饶县委；所辖的武装力量有闽南红三团、潮澄饶红三大队、潮澄饶特务大队、饶和浦诏游击队；所辖红色区域有靖和浦苏区、饶和埔苏区、潮澄饶游击根据地区。

闽粤边区特委成立才过两个月，由于第五次反"围剿"失利，中央主力红军开始了两万五千里长征。与中央失去联系的闽粤边区特委在异常艰苦的条件下，独立开展游击战争。1936年7月，漳州人民抗日义勇军总指挥部在特委机关附近的青冈树旁成立，这是福建最早成立的抗日义勇军；1937年6月26日，闽粤边区特委与国民党驻军和地方当局达成国共合作的"6·26"协议，成为南方八省游击区最早与国民党达成国共合作协议的区域。在闽粤边区特委的坚强领导下，闽粤边区的革命根据地不断巩固、发展、壮大，活动区域遍及闽粤两省十几个县的山区，开创了纵横五六百里的闽粤边革命根据地，成为三年游击战争南方8省15个地区中最坚固的根据地之一。1938年2月，闽粤边红军游击队改编为新四军第二支队第四团第一营，从中山公园出发北上抗日，投入全国抗日大潮。

在闽粤边区特委机关旧址的室内展陈中，有一帧图片，图片内展示的是一沓手写的稿纸，那是黄会聪在生命最后的日子，忍受着重病之痛，写下的一份25000字的报告，报告中详尽汇报了中共闽粤边区特委成立以来带领闽粤边党组织和红军游击队的战斗历程。1937年4月20日，黄会聪将报告交予陈云并转中共中央，这份报告为党中央提供了可靠的第一手材料，闽粤边区特委也因此恢复了与党中央中断近三年的联系。

在闽粤边区特委机关旧址附近，几株青冈树长得分外壮硕苍翠，青冈树旁建起一座200多平方米的红色大讲堂，同时设置了"平和老区精神展示馆"，与闽粤边特委机关旧址展示馆相得益彰。大树底下，一群少儿正玩得欢，其中一个小朋友用稚嫩的声音告诉我："这是抗日青冈树。"这么小的孩子应该还不明白"抗日青冈树"寓意所来何处，可这何尝不是红色基因的一种传承呢？事实上，在这里生活的老百姓，说起当时战斗在这里的领导人——黄会聪、何鸣、何浚、林路、谢育才、卢胜、卢叨等名字和他们的故事的时候，就像是在讲述自家邻居长辈的

邦寮山航拍图

（李润南 摄）

过往故事一般。如今，战争的硝烟早已散去，中国人民为争取独立自由的战争史成为宝贵的精神财富，也成为苏区人民开创新时代、建设新农村的不竭动力。

从邦寮山行走 2 公里山路或乘船从邦寮山水库而过，即可到达太极峰山脚下。太极峰主峰海拔 982 米，是至今仍为未被开发的原始山峰，近年来人们能够依稀了解到它的一些"皮毛"，主要仰仗各地驴友探险后的网络分享。我曾在漳州市作协的一次采风活动中攀爬过太极峰。太极峰最大的特色就是无数形态各具特色的奇石，那次攀登我只是到达刻有"太极峰"三个大字的巨石脚下，大字边上小字落款为"乙未年秋吉旦开山僧道宗勒石"。"山僧道宗"即指明末清初"天地会"创始人万五道宗和尚，据说太极峰北向 1000 米处，道宗和尚曾在那里建紫竹寺一座，寺虽已毁，却留下大量的刻字巨石和遗留物件。而在革命战争年代，山高林密的太极峰也曾经是闽粤边区特委领导下的重要武装力量红三团的活动据点，所以太极峰也有一个别称叫"红仔山"（闽南语，意为"红军的山"）。

欧寮村支委林锦城多年来一直在邦寮山和欧寮村一带为各方来客讲解闽粤边区革命史。他说，不仅要去欧寮漂流和参观的游客都会到邦寮山，几乎每一批到太极峰登山探险的驴友们在登山前也都会到此参观打卡，好像这里可以赐予他们攀登高峰的力量似的。

精神可以赋以力量。邦寮山因闽粤边区革命史而留名，因闽粤边区革命烈士英魂而凝聚出一种精神，这种精神赋以人们无穷的面对困难和挑战的力量。

邦寮山应该被记住。

青冈树：战火中的坚韧与希望

◎ 江惠春

位于义路村邦辽山上的抗日青冈树（林泽霖 摄）

欧寮村，地处平和邦辽山腹地的小山村。在那革命烽火连天的时代，在这里播撒下革命的种子，一夜间，熊熊的革命烈火在这里燃烧，欧寮一夜间成为远近闻名的革命圣地，连这里的草木都打上了红色的烙印。

站在欧寮村高处，可见村子周边绿植葱茏，树绿花香，民房的墙面都绘着"红色"壁画，村部左侧是靖和浦苏维埃政府机关旧址。1934 年 3 月 18 日，靖和浦边区苏维埃政府在欧寮村成立，同年 8 月，隶属于中共中央的中共闽粤边区第一次代表大会在与欧寮相邻的邦寮山召开，并正式成立中共闽粤边区特别委员会，开创了纵横五六百里的闽粤边革命根据地。特委所辖红色区域有饶和浦诏苏区、靖和浦苏区和潮澄饶游击根据地。

相比外面的高楼大厦，欧寮村显得格外质朴和静谧。从村部边上的黄土路一路向前义路村邦辽山，可见五棵蓬勃茂盛的青冈树。远远望去，宛如一幅壮阔画卷。沿路的那棵青冈树长得特别粗壮，树的主干挺拔入云，枝干苍劲虬曲，黝黑的树皮布满青苔，或深或浅的凹痕，似是在诉说那一段峥嵘过往。

在场的人们都忍不住伸手轻轻触摸粗壮的树干，凝结着岁月沧桑气息的青冈树，气势依然昂扬，躯干依然挺拔，树上的凹痕结实、沉重。那是抗日义勇军奋斗过的足迹，树的背后是革命儿女浴血奋战的缩影。

"特委成立后，欧寮从此成为中共闽粤边特委所领导的党组织及其武装的重要活动区域和最坚固的根据地，也是我们闽南地区政治、军事斗争的一面旗帜，而在青冈树下，我们成立了漳州人民抗日义勇军总指挥部。"

在青冈树边，立着一块红色的牌子，牌子上的文字，至今仍在向世人述说当年的沧桑过往。1936年7月，为了便于统一指挥闽粤边区日益兴盛的各地抗日义勇军，形成强大的抗日声势，中共闽粤边特委在平和邦寮正式成立漳州人民抗日义勇军总指挥部。抗日义勇军总指挥部下辖四个大队，共有1000多人，其中靖和浦根据地有三个大队九个中队，云和诏根据地有一个大队四个中队。各地抗日义勇军除了配合红军主力部队开展反"清剿"行动外，还时常在游击区打土豪、攻炮垒、除汉奸，积极参加没收、抵制日货的斗争，广泛开展公开的抗日救国宣传，

位于义路村邦辽山上的抗日青冈树

（林泽霖 摄）

组织抗日救国会，成为闽粤边区抗日的生力军。1937年7月，根据中共闽粤边特委与国民党157师签订的关于合作抗日的六二六政治协定，部分抗日义勇军与中国人民红军闽南抗日第一、第三支队一起到平和小溪进行整编，对推动闽粤边区国共抗日起到了积极作用。

顺着光的方向，视线延伸向青冈树的前方，"老区精神永放光芒"的字眼随着青绿的山峦熠熠生辉，逼真的铜人雕塑静静伫立，仿佛在向过往行人诉说着欧寮村坚韧的拼搏精神，激励人们砥砺前行。

岁月能改山河，而理想和信念却是前进路上的"压舱石"。1938年2月，中共闽粤赣边省委代表谢育才在平和坂仔召开会议的时候宣布将闽粤边特委改为中共漳州中心县委，中共闽粤边特委所领导的队伍一路从欧寮、峨眉山、乌山等地出发，到坂仔集结，在小溪的中山公园进行整编，在龙岩白土举行誓师大会，奔赴北上抗日。至此闽粤边特委很好地完成了党交给的各项任务。欧寮村战争的历史从来都不是史实和数据就可以说得清楚，历经枪林弹雨，那是鲜活的刻印，是人们反复打磨的集体记忆，启示的是当下，照耀的是未来。

在欧寮村，正是有了这些团结抗战的人们前赴后继，才能迅速汇集起气势磅礴的力量，为推动战线的建立和

位于义路村邦辽山上的抗日青冈树　　　（林泽霖 摄）

发展，做出了自己独特的贡献。如今，青山掩映下的中共闽粤边特委机关旧址显得特别古朴。老一辈那段红色岁月虽然已经离我们远去，可是革命先辈在这边留下的光辉足迹，每一处都值得人们瞻仰、缅怀。沿路两边灯杆上"红色欧寮"四字十分醒目，那抹红，穿越硝烟与战火，见证苦难和辉煌，更是展示了一段波澜壮阔的红色革命历史画卷。靖和浦苏维埃政府机关旧址内陈列着许多革命文物，墙上贴满了革命先辈的光辉事迹，一张张黑白图片在人们的眼前呈现，诉说着曾经那段激动人心的岁月，令人顿生敬意。还有那棵记录着红色征程的青冈树，这是一棵活的革命"文物"，青冈树用自己的树龄将铿锵的步伐定格在岁月深处，承载着民众开展革命斗争的历史沉淀与荣耀，从星星之火到燎原之势，经沧桑而巍然挺立，长青而不衰，与山川河流同在。青冈树，那是光荣岁月留下的精神遗产，是一个时代的希望，也是一个民族生生不息的根脉，更是战火中的坚韧与希望，深受欧寮村民的拥护和爱戴。

青冈不老，旧址无言。追溯欧寮村的每一片砖瓦，脚踩这里的每一寸热土，曾经硝烟弥漫的村庄如今变得宁静祥和。房前屋后绿树掩映，来往村民透露着幸福的笑容。五棵青冈树也依然枝繁叶茂地生长在这片红色的土地上，有着蓬勃发展的新气象。无论经受怎样的考验，青冈树始终不曾褪色，傲然挺立的形象如守卫家乡的哨兵，履职尽责，守卫着这一方百姓的安宁生活，令人敬仰。岁月奔涌向前从不停歇，回望那段烽火岁月，让我们从中汲取信仰的力量并汇集成无限崇敬的言语——革命先烈们的精神永垂不朽。站在新的历史起点，青冈树映射出新的时代光芒，成为一道亮丽的风景线，辉映当下，穿透未来。

欧寮合作社：扁担上的红色财政

◎ 罗龙海

欧寮村的壁画（林泽霖 摄）

一

欧寮窟，有入无出。

这是出自欧寮村本地人的一句顺口溜。窟，在闽南话的语境里是指地势低洼地带。了解欧寮的人都知道，欧寮村平均海拔 600 多米。这个"窟"不一般。

从南胜镇义路村水泥路往上，沿着邦寮山的盘山公路要走 20 公里，才能够到达欧寮村。沿途峰回路转，山峰鳞次栉比，拐一个弯就见又一处"一夫当关万夫莫开"的险要路段。

一些初次乘车上山的人，要在欧寮村内坐下来喝过几杯茶，严重的要住上一夜，才能甩掉晕乎乎的晕车感。

清晨，在啾啾鸟鸣声中醒来，到欧寮村水口开启漫步模式：沿河堤走到水尾庵，折返位于村部的红色广场，顺着斜坡公路来到半山民宿，继续往上就到了楼门顶，大约一个钟头的时间，正好可以在山岗顶门楼上迎接日出。

俯瞰着山下，欧寮村晨雾缭绕，不禁想到"欧寮窟，有入无出"这句话，联想起驱车进山走过的盘山路，任谁心中都会对"插翅难飞"这个成语有了深切的体会。

但是，本地人却郑重而神秘地说，这样理解"少了一层意思"。

二

时光倒退到20世纪30年代。

某一个秋天的黄昏。从文峰镇柴船村通往欧寮的一条山路上，一个货郎挑着沉重的担子，正在急匆匆地赶路。

这条山路是欧寮村往北方向出行前往文峰埔子圩赶集采买的必经之路。

正当这个货郎快要走出柴船村地界时，一处低矮的民房里走出几个荷枪实弹的国民党兵。

货郎担子被拦下了，几个持枪的兵翻查了一遍。

"就是我们家居生活的日常用品，没什么特别的东西。"货郎赔着笑脸一直解释着。但是士兵说："非常时期，一切商品只让出不让进"，让货郎把担子挑进路边房子，死活不让走。

"只让出，不让进"，这是国民党军队当时对欧寮苏区实施的封山政策，每条道路都设立了卡口，严查过往行人。

欧寮窟，曾经引爆过多少国民党反动派仇视的眼珠。

没有外界生活物资的支援，一山之隔的欧寮的民众就等于被掐了脖子，苏区就成了失血的孤岛。

在你死我活的战争年代，给敌人喘息生存的机会，就是给自己留下死亡的隐患。这道理谁都明白。

货郎急了，本就浑身是汗的他，这下子更是汗出如豆。

所幸货郎常年在这条路上走，熟人不少，他着急忙慌地找到了当地的保长，寻求帮助。

保长来到卡口，又是敬烟又是说好话："都是本地人，做点小生意，这世道

群众送盐的竹筒

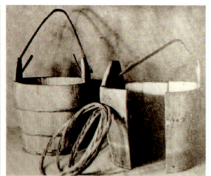
群众送米送饭的双层桶

（林泽霖摄于楼门顶红三团指挥部展馆）

乱糟糟的，吃口饭都不容易，请各位爷通融通融。"

"你们被派到这深山里边当值，也挺辛苦，我已经叫家里人备下酒菜了，天黑就到我家里吃饭吧！"

还送上本地生产的上好的清明茶。

江湖无处不在。兵们假模假样地又翻看了一下货担：食盐、咸鱼、雨伞、布匹、胶鞋、万金油——

"还真的都是一些无关紧要的东西呀，又不是军需品，过吧过吧"，领头的一个发话道。

货郎千恩万谢，一挺腰挑起担子，撒开腿，三步并作两步，一溜烟沉进暮色之中。

这个货郎就是欧寮村的老地下交通员林锦成。在当年，林锦成的真实身份是苏区欧寮合作社的骨干成员。用当时的话说，他是妥妥的"赤色分子"。

三

楼门顶外，一棵百年古榕郁郁葱葱，横向伸展的树干撑开了一大片绿荫。古榕树下，蜜柚树挂满金色的果实。

"林锦成原来的房子就在这片果园里，后来被国民党兵烧毁，搬到对面的半山民宿那边。"

"中华人民共和国成立之初，林锦成的儿子林茂振曾经被安排到九峰法庭当干部，可他自己觉得文化不够，自愿回来当农民。"

这是后话。

但是，党和政府之所以会把林锦成和他的家人"记在心里"，是因为林锦成当年冒着生命危险所做的贡献是巨大的。

普通游客来到这里，眼里只看到绿油油的果园，哪会想到它底部的泥土，竟然经过轰轰烈烈的血与火的洗礼？

欧寮村，一个"窟"的所在，曾经是靖和浦边区根据地的心脏。

1930 年 10 月，闽南红军游击队林路（五寨乡人）到平和的南胜欧寮、五寨开展革命活动，组织农会。

山高，路陡，林密，环绕耸立的高山犹如天然屏障，仿佛与世隔绝，却有山道联通周边的文峰、南胜和漳浦车本，境内山清水秀，腹地开阔，山林资源丰富，是革命力量孕育发展、开展游击战争的好地方。

1934 年 3 月 18 日，中共漳州中心县委在欧寮村召开工农兵代表大会，成立靖和浦边区苏维埃政府，林路当选为主席。7 月，中共闽粤边区临委在平和欧寮楼仔尾村建立交通总站。8 月，中共闽粤边区临委在平和南胜邦寮山召开第一次党员代表大会，成立中共闽粤边区特别委员会。

欧寮虽是窟，却聚焦过许多红色的光柱，伫立在崇山峻岭的绿色汪洋中。

从这些载入红色档案的重要事件，不难看出欧寮这个小山村在当时游击战争的年代里有多"火"。

为了这把"火"永不熄灭，防止国民党军队"围剿"偷袭，欧寮高度警惕外来人员，一度采取了"有入无出"的安保措施，进出人员必须有可靠的介绍人，或者持有"路条"。这也就是文章开头那句顺口溜的另一层意思。

在相对闭塞和稳定的环境里，红三团、赤卫队休养生息，发展经济。

1934 年 10 月，中共闽粤边区特委委员、靖和浦苏维埃政府主席林路在五寨石门村发动群众，创办苏区第一个合作社——石门村合作社。之后，欧寮与相邻的三坪等地合作社相继成立。

枪杆子里出政权。要把政权牢牢掌握在手中，除了壮大军队，还必须千方百计搞活经济，让老百姓过上好日子。

合作社就是苏区当时保民生、促发展的一个创举。

四

欧寮合作社是由乡苏维埃派赤卫队，分别到南胜义路保和漳浦县国民党政府辖区内派款 70 元，加上靖和浦县苏维埃政府投资，共用资金 110 元而开办起来，由乡苏维埃副主席林瑞丹（欧寮人）任经理兼售货员，门市设在他家里。

合作社在早、午、晚休息时间营业，供应当地群众和红三团指战员。经营的商品主要有食盐、咸鱼、粮食、猪肉、雨伞、油纸、胶鞋、布匹、药品等军民日常所需的物资。这些货物分别从龙溪（今漳州）、漳浦、云霄等县城，通过地下党组织关系运回；或者给一定的报酬，委托亲友、商贩和民国政府的公职人员等代购。

有了这个集中供货买货的门市，群众的生产生活方便了许多，大家纷纷参股。入股的方式也很灵活：可用现金入股，没有钱的可用实物（稻谷等农产品）、工价（人工、牛工的报酬）折算入股。

林锦成是地地道道的农民，没钱，但是他年轻力壮，有的是力气，按照当时的规定，他以打零工的方式加入，成为合作社的货郎。

从白区采购运回苏区军民所需的物资，合作社还得把山里的土特产，比如柴炭和笋筐、篾席、板凳等竹木制品，统一收购向外运输、售卖，实现商品更高层面的双向流通。

深山之中的欧寮村，只有狭窄难行的山道，牛车、马车根本用不上，所有物资的采购运输只能靠人工挑担，林锦成等货郎的肩膀都磨出厚厚的老茧。虽然运输条件受限，但是合作社毕竟红红火火地办起来了。

成为合作社的货郎不能仅凭力气，还得有一股机灵劲，能够应对突发情况，像林锦成那次挑货经过柴船村，假如林锦成没有较强的社交能力，不仅大概率那批货物被截，人也有可能被抓住不放。

为了赢得民心，争取得到更广大民众的支持，各地苏区合作社各显神通，以各种渠道取得生活用品的供应：三坪合作社利用民间到三平寺朝拜祖师公的习俗，借"酬神还愿"民俗活动，把商品源源不断地运回来。某些特需商品，由经理或售货员亲率赤卫队员，按约定的时间和地点挑送。当时合作社干部和赤卫队员经常连夜走山路，绕开国民党军队封锁关卡的检查，把商品挑运回山里。

除了把货物从山外挑回村里，有空时，林锦成还要挑着货物走乡串村，吆喝贩卖。合作社规定：不许欺骗群众，不许哄抬价格，进销差价只允许在15%幅度内。

山风呼啸，长夜漫漫的游击战争年代，像林锦成这样祖祖辈辈困在山旮旯里的穷苦人，从合作社运作模式看到了过上好日子的希望。

其实，合作社当时明面上是一个经营食品杂货的乡村门市，背后是红三团等革命组织的购销转运站、后勤机关，它定有规章制度和报酬标准，盈余资金移充革命活动经费，这就使得合作社犹如一台隐形的红色引擎，给予了欧寮苏区坚持斗争的不绝动力。

"我们欧寮合作社那时还办过米粉厂，有了米粉厂作掩护，就可以大量采购大米，一部分做米粉，一部分暗中资助了红三团。"

地理位置虽处于孤岛，但是，欧寮的红旗始终不倒。

五

1935年春，国民党军队对靖和浦苏区发动大规模的"围剿"，实行烧、杀、抢，强迫移民并村。坚持到了夏天，欧寮、连同对面山峰的漳浦车本和山下的五寨石门等合作社因之停办。

迫于斗争形势的严峻，欧寮合作社运作时间仅半年多，但是它的协同合作、共谋发展的模式和经验却在党内流传开了，为后来中共靖和浦县委在大芹山开辟游击区、兴办合作社、公开组织抗日救国会，提供了宝贵的借鉴经验。

一棵古榕的见证

◎ 曾碧荣　　　　　　　　　　　屹立在欧寮村头 800 多年的红榕（林清和 摄）

　　初见欧寮村头这棵 800 年的红榕，是在处暑时节那个雨后的傍晚，感觉那是一朵永不飘走的云，罩在村头的上空。

　　山村的傍晚适合漫步，雨后的云雾笼罩着周遭的一切，我站在欧寮村半山民宿前的空地上眺望四周，看云雾慢慢升腾起来，再一点一点地将山头锁住。不知不觉中，我们也被这淡淡的云雾笼罩着，远处的山和近处的树，若隐若现。朦胧中，借助楼门顶的灯光，忽然看到它近旁有朵云彩在风中摇曳，加上夜色下云雾缭绕的楼门顶，是那样的招摇，禁不住好奇便向它走去。

　　从半山民宿往上拐两个陡坡，一下便来到了楼门顶。借着四周路灯，一眼看清这朵云彩竟是一棵大榕树。树干上还挂着一块牌子——红榕，800 年。

　　榕树在福建是普通得不能再普通的树，但这是一棵有着 800 年树龄的古榕，它传奇般地历经了宋元明清的风霜雨雪，见证了眼前这个小山村的起起落落，它自然而然就成了这个村庄地地道道的历史老人，每一阵轻风拂过，都烟尘满面。

　　翌日，在鸟儿纵情歌舞的晨光中，再次和这棵古榕打个照面，只见它从树根

屹立在欧寮村头 800 多年的红榕 　　　　　　　　　　　　　　　（林清和　摄）

处猛地弹开四根粗壮的横枝，枝枝叶叶层层叠叠地向着不同方向铺排开来，在这山坳口撑开一把巨大的清凉伞。榕树的身姿总是那么灵动，每根枝条都玲珑地飞舞，看久了，便觉得榕树最像龙的身姿，隐隐的有股腾空的架势。忽然觉得这棵古榕更像是村庄的守护神。

　　然而，无人说得清这棵古榕的身世，或许是欧寮村哪位先民一时兴起，或许是只在此落脚的大鹏鸟，或许是一阵风……一棵草木的命运都是无足轻重的，甚至是潦草的、飘忽的，飘蓬一般，一场雨、一阵风、一团火、一把刀，都随时能改变它们的一生，甚至是终生。但这是一棵经历了八个多世纪的老树，它就不再潦草，更不飘忽，它无比自信地屹立在村头，成为村庄最老的见证者。

　　在它还是棵小树苗时，欧寮还是个小小的村庄，也就邱姓、林姓、陈姓十几户人家，各自在村头村尾搭寮结舍。那时的村庄，天地辽阔，草盛人稀。然而到了明万历时，欧寮村一下人声鼎沸，村庄变得热闹起来。林姓人家最为兴旺，那几排低矮的瓦屋已住不下许多的家丁，他们举族合议，就在古榕跟前十丈开外的地方建大楼，建一座圆形的土楼——楼门顶。楼门斜对着古榕。

　　这地方好哇，地势开阔，一抬头便把欧寮村尽收眼底。大楼一建起来，原本长在日烈风大的山坳口的古榕树也跟着热闹起来，纳凉、拉呱、谈心，年高辈大的大榕树，变成一方乡邻的聚会场所，日夜倾听人们在这里谈天说地。渐渐地，古榕便了解了乡亲们的心思。但乡下人能有多少心思，不就盼个四季平安、五谷丰登、六畜兴旺嘛，盼个肚圆梦香嘛，所有的絮絮叨叨都是这些家长里短。再说，在这山高皇帝远的山沟沟，又能有多大心思？又能折腾出多大动静？宋元明清的大风大浪，一阵风也没吹到这山旮旯里来。在这小天地里，只要炊烟不绝，就是天高地宽。

凡事都有例外。不知从哪里吹来的风，总有人跑来这里高谈阔论，说什么大清国完蛋了，一夜间改朝换代，皇帝换成了大总统了。没几年，又有说北边的"老毛子"也改朝换代了，爆发了"十月革命"，一夜间沙皇下台了。也就从那时起，感觉什么都变了，似乎连吹来的风都要硬一些。山雨欲来风满楼，世界到处吵吵嚷嚷，你方唱罢我登场，总是打打杀杀个不停。

没多久，就传来"攻克漳州"消息。和外边的事比起来，漳州多近呀，差不多就是眼皮子底下的事。当时虽没电视，也没手机，甚至连件带"电"字的东西都没有，但不影响人们关心山外的世界，乡亲们围在古榕树下，把"攻克漳州"的消息说得比烧红的炭还热乎。没多久，这里就来了位浓眉大眼的汉子，他操着浓浓的地瓜腔走家串户，还经常深更半夜拎着马灯到身旁那幢圆楼去说事。他真忙呀！

令人没想到的是，寂静的山村会随着这汉子的到来而热闹起来。特别是村里的那些年轻人，一个个摩拳擦掌，他们跟这位浓眉大眼的汉子打得火热。斗土豪、分田地、拉队伍、肃军纪……很快，一批又一批操着外乡口音的人到村里来，他们都和那位汉子一样，走东家串西家，不断发动大家要起来闹革命。还在那山脚下的楼仔社召开苏维埃代表大会。一时间，这大山深处的村子一下变成革命的海洋，热闹得很。

村里动静这么大，能不走漏风声吗？就在当年初冬时节，"白狗子"五六百人分三路向这里扑来，准备把这里"造反"的人全灭了，把秋收的粮食全抢去。好在这里的红军们早有准备，还采用了"布袋嘴"和"引猪入槽"的阵法，把这

屹立在欧寮村头 800 多年的红榕 （泓莹 摄）

帮坏人引到埔尖山去战斗。结果，"白狗子"吃了大亏，丢盔弃甲，伤亡过百。红军大获全胜，还缴获了各种机枪武器等战利品，这个小村庄一时成了欢乐的海洋。

可是不好的事情也发生了，就在当年底，又一大群大兵气势汹汹地杀来了，他们可真凶，见什么都要砍、都要杀，说什么这里连棵草都姓"共"，要砍光、杀光、烧光。不要说人，村里连只鸡、连只鸭也跟着倒霉。最可怜的还是那古榕跟前的那幢大楼，里面存放了乡亲们来年的全部口粮，被一把大火烧得干干净净，有罪呀！

这帮吃人的阎罗刚走，赶回村里的乡亲们从火堆里刨出烧焦的谷子当口粮，过年时，乡亲们就煮这烧焦的粮食吃，他们还跑到我跟前来说，过年他们喝"红糖粥"。

那些凶恶的大兵和"白狗子"一次又一次封山，一次又一次放火烧山，总想把村里的那些人都烧死、都杀光。他们哪里懂得野火烧不尽，春风吹又生的道理。这些吃"红糖粥"啃树皮、野菜的乡亲们就跟野草一样顽强啊！他们都发动起来，大小伙子们组建赤卫队，守在进山路口，一发现"白狗子"进山"清剿"，就把群众疏散到深山密林之中；妇女们也都参加了妇女会，组织了洗衣队、慰劳队、舂米队、打草鞋、做军服，耐心护理伤员，动员亲人参加红军。里里外外的人都称这里是"闽南红都"。

乡亲们真是厉害，他们还懂得什么是"敌进我退，敌退我进"。在那烽火连天的岁月，这里不知发生了多少次战斗。"清剿"、三光、移民并村……在当局的高压与屠刀之下，这里的人口越来越少了，也就十几个年头，原先人声鼎沸的山村，剩下不到两百人，也就剩个零头那么多。但别说，从未见过这里人下跪、求饶的，他们一个个活得比后山上的松树还挺拔。后来，还从这崇山峻岭中走出一支抗日的英雄队伍，他们转战大江南北。

古榕怎会忘记，自从"攻克漳州"的消息传来，自从那个浓眉大眼的汉子来了之后，村庄就一直在战斗。后来，那个浓眉大眼的汉子病倒了，他不想离开这里，最后是被人背走的，再也没有回来。风一程，雨一程，历史终于翻开了新的一页。那年一个洪亮的声音响彻环球——中国人民站起来了！人民当家做主了！这偏僻的山村久违的迎来锣鼓喧天的欢庆时刻，距上次埔尖山胜利整整过去了十五个年头。那可真是热闹哇！

当年来到村庄的外乡人，后来都散落在全国各地，但他们的心里一定还装着这个地方，这里有他们的汗水，有他们挥洒的热血，有他们永远留在青山热土中的战友，还有与他们血肉相连的乡亲，谁能忘记？又怎敢忘记？！

那年欧寮的乡村公路修通时，远在省城的一位老将军还调拨了一辆解放牌汽车，作为贺礼送给刚开通公路的欧寮村。

这些年就更热闹了，"乡村振兴……"又一个洪亮的声音从北京传来。很快，省城派来了一个年轻人了，他和一帮欧寮人一起撸起袖子加油干，开拓大路、架设电力通信的空中桥梁、那些老旧的房子都被改成了展览馆，还有民宿。瞧，就身旁这座大楼还被重新收拾得焕然一新，里面把当年那些人的故事都罗列在墙上，说给外面的人听。变化最大的是村庄的这条河流，被开发成漂流，变成村里人的钱袋子。天南海北的人都来村里参观、游玩，小山村，日渐变成了大世界，人来人往。热闹时，几乎每天都有成百上千的人在我跟前路过，连我都变成风景咯！

风雨楼门顶

◎ 周文莉

晨光中的楼门顶（林清和 摄）

"楼门顶、顶门楼，楼门顶原是幸福楼；顶门楼、楼门顶，红榕古树鸟鸣啁啁；自从来了红三团，穷苦百姓有希望，衣食用度不发愁；白狗子，保安团，三光屠戮火烧楼；野菜树皮'红糖粥'，军民齐心抗敌仇；楼门顶、顶门楼，朝霞如血舞红绸，英魂故事挂心头，永流传。"

欧寮村这首流传下来的红色童谣特别打动人心，一下就把人拉回那烽火连天的革命年代，让人想一探究竟楼门顶是一番什么模样？然而，让人难以置信的是，眼前这幢修葺一新的土楼竟不住一个人，而住在里面的是童谣里传唱的一群百战沙场的将士的英魂，有关楼门顶的故事还得从九十年前那场风风雨雨的革命说起。

记得来到欧寮的那个傍晚，天正下着滂沱大雨，近处的房子和远处的山林都笼罩在浓密的雨幕里。站在半山民宿的窗前，夹杂着雨丝的山间清风扑面而来，有一种怡人的清爽便从心底袅娜着升腾，须臾间已盈满整个心房。

近处是青砖黛瓦，远处是朦胧山水。目之所至，皆是一幅铺展在天地间的中国画。久在藩篱，我不觉看呆了，连何时收住了脚都没有察觉。虽已是暮色四起，但雨后山间云的洁白还是那么耀眼。低一些的就飘在对面的屋顶上，仿佛只要一伸出手，便可以捧出一抔来；高一些的便把自己温柔地缠绕在山腰或调皮地给山尖戴上一顶硕大蓬松的棉花帽。"云上欧寮"说的不就是眼前这景象吗？

"快到后窗来！"同行的小伙伴大声呼叫着，"山顶上还藏着一座土楼！"可不是么，云雾缥缈处一座圆形土楼被袒露出来。其时暮色已浓，灯光渐起。山顶上的土楼仿若是遗世独立的仙子，灯光和云雾成了她七彩的纱衣。

踏着温婉的灯光，一路蜿蜒向上。在接连地吁吁喘气后，我们终于站到了土楼跟前。一般的土楼都是两层或三层结构，而眼前这土楼却只有一层，真是不多见。更少见的是它金黄的墙、枣红的瓦，正门的屋顶上还雕刻着色彩明丽的双龙戏珠。这分明是一座新土楼，它没有古朴的土墙，更没有富有古韵的门窗。难道这只是一个人造的景点？

来之安之，脚步还是沿着台阶踏进了土楼。土楼内围悬挂着大幅的革命先烈的画像，土楼并没有分成单间，而是通廊式结构。灯一亮，通廊瞬间变成一条"红色隧道"。"红色隧道"里的图片和文字，串联起一部关于楼门顶、关于欧寮的时间简史。

漫步楼门顶的角角落落，方知楼门顶四百多年来数度沉浮，生死轮过许多回。我每踏一步，都像落在楼门顶的往事里，落在楼门顶的风风雨雨中。

最早的楼门顶土楼始建于明朝万历年间，相传当年的林氏先祖发现这座山头酷似一只趴在山顶的蜘蛛，登高望远，发现这里群山环绕、景色秀丽，遂认为这是一块风水宝地，于是屯粮注资，集众人之力在此修建了一座两层的圆形土楼。林氏先祖们信奉辛勤的劳动，也有着朴素的宗教信仰，把土楼大门顶上的阁楼专门用来供奉菩萨。有劳有作，还有神明保佑，在土楼生活的日子说不上风调雨顺，但还算岁月安宁。林氏先祖们世代在楼门顶繁衍生息。光阴流淌，一晃过了数百年。

数百年间，天灾不断。碑文记载，1918年广东南澳近海发生里氏7.3级强烈地震，波及整个闽南地区。包括楼门顶在内的欧寮土楼群，几乎化作废墟。面对天灾，吃苦耐劳的欧寮乡亲，用双手搬、用双肩扛，重新修建了家园，也重新迎回佛祖诸神明。像这样的天灾，还发生过许多次。但天灾虽然可怕，却可以一次一次被

楼门顶正面　　　　　　　　　　　　　　（泓莹　摄）

战胜。重建家园的过程虽然漫长而艰难，但灾祸过后，人们总能用自己朴实的双手修补或重建土楼，然后带着纯朴如初的宗教信仰继续他们的土楼岁月。自然界的风雨再大，也无法吹倒楼门顶，更无法吹倒居住在土楼里的人们。

　　楼门顶的老乡们，无疑是可敬的。他们生生不息，欣欣向荣。土楼里住不下了，他们便在土楼外围建起一间间平房。平房虽不甚规整，但他们像星辰一般分布在楼门顶的四围，楼门顶就成了众星中的月亮。"日出而作，日落而息。"那是太平年月里，楼门顶的静好岁月。

　　"覆巢底下无完卵"，国家风雨飘摇，欧寮怎可能是世外桃源？欧寮风雨飘摇，楼门顶怎可能置身事外？

　　20 世纪 30 年代，那是一个人祸横行的时期，当时的中国革命正处在水深火热之中。1934 年 1 月，为粉碎国民党投敌卖国和东方战线的进攻，中共中央决定在闽粤边区成立"中共闽粤边区特别委员会"。在平和、南靖、漳浦、云霄等县开展猛烈的游击战争，以牵制敌人的兵力。

　　中国工农红军闽南独立第三团（也叫"闽南红三团"，下简称"红三团"）是当时闽南革命斗争的中流砥柱。南胜欧寮村是红三团团部机关活动地和大本营，当时的楼门顶就是红三团的驻地。怎样牵制敌人的兵力？唯有以战争牵制战争。三年时间内，红三团和敌军打了 1000 多场仗，几乎天天都在打仗。频度如此之密，确实令人咋舌。其目的就是从后方和侧翼打击敌人，从而保证红军主力顺利北上。纷飞的战火中，楼门顶的乡亲和红三团的将士结下了牢不可破的生死情谊。

　　国民党发现了红三团非凡的战斗力，也意识到闽粤边特委在斗争中的战略地位，多次对欧寮根据地进行"围剿"。但屡剿屡败，国民党为了彻底破坏根据地，甚至直接派兵长驻欧寮，准备打一场持久战，这无疑给红三团的革命斗争制造了极大的困难。军粮供给便是横亘在将士面前的一道难关。

"兵马未动，粮草先行。"粮草是军队战斗力的有力保障。而当时形势又极其严峻，光明正大地收购粮食肯定会招来国民党反动势力的猛烈打击。红三团的何清标同志便以米粉厂老板的身份作掩护，以米粉厂作为秘密基地，悄悄收集粮食，依靠包括楼门顶在内的欧寮乡亲们的帮助，秘密地把粮食运送到红三团将士手中。

在那战火纷飞的年代，纯朴的楼门顶乡亲像信仰宗教一般，虔诚地信仰着红军的信仰。他们深深地知道，红军才是自己的活菩萨。乡亲们自发地给红三团洗衣、做饭、传递情报，哪怕冒着生命危险也在所不惜。

那是战火中难得平静的一天，村妇林面如往常一般悄悄地去给红三团的战士们送饭。爬上那道藏在云雾中的山冈，突然从山林中响起了一阵密集的枪声。子弹擦过她的发髻和耳边，她本能地加快了脚步，但敌人的子弹还在"嗖嗖"地不断飞来。林面不知道自己是怎样从敌人的枪口下逃脱的，回到家时才发现，左裤脚不知何时已被子弹打了个大洞。只要再偏一厘米，就会打中脚踝，她将被虏。尽管后怕，但她一如既往地为红三团将士洗衣、做饭、传递讯息。林面是众多楼门顶乡亲中普通的一员，她也是众多的楼门顶乡亲中可亲可敬的一员，乡亲们和红三团之间的情谊是可以付诸生死的。后来，红三团离开欧寮时，当时的闽粤边特委、漳州人民抗日义勇军总指挥何浚曾赠给林面夫妇一双象牙筷，那是满载着革命情谊的礼物。林面一直舍不得用，更舍不得送人。革命胜利后，她把这双象牙筷上交给政府。它被当作文物收藏在相关文物部门，这是后话。

老乡们的支持和帮助，使红三团能舍生忘死地投入战斗，成为保卫中央苏区的一道屏障。1934年底，为了摧毁欧寮根据地，国民党决定再次进行"围剿"。鉴于之前多次"围剿"失败，国民党下定决心把欧寮打造成"无人区"。作为红三团驻地的楼门顶，被他们放的一把火全烧了。那场大火足足燃烧了一个月，把楼门顶及楼门顶四围的平房烧个精光。放火时，楼门顶土楼里还贮存着许多军粮，乡亲们想进去抢粮，奈何敌人架着机枪瞄准了乡亲们的胸膛。他们只能眼睁睁地看着粮食和楼门顶一起化为灰烬。

楼门顶   （李润南 摄）

　　那一场蓄谋已久的"围剿"，红三团到底牺牲了多少人，老乡们又有多少伤亡？是不是像万千历史中的战斗那般惨烈？史料并未详细记载。史料介绍，闽南红三团数任领导人王占春、冯翼飞、王却车等皆在战争中英勇牺牲。他们和红三团的战士们一样，在经历的每一场战争中浴血奋战，生命不息、战斗不止。一个人倒下了，更多的后来人站起来了。红三团在敌军"围剿"后，继续战斗在欧寮这片红色热土上。

　　有老乡们的支持和配合，还有将士们的英勇善战，红三团终于完成了在欧寮的军事任务，于1938年2月被正式编入新四军二支队四团，奔赴苏皖抗日前线。他们从楼门顶、从欧寮出发，走上了更为艰难、也更为璀璨的革命征程。

　　我很努力地想从图片和文字背后，打捞出更多红三团将士和欧寮乡亲携手抗敌的故事，可惜未能如愿。但这又有什么关系呢？闽南红三团早已汇入中国工农红军的群像，他们把艰苦卓绝的斗争坚持到底，他们都是不怕牺牲的英雄。不知道楼门顶老乡与闽南红三团之间更多的往事又能有什么关系呢？战火中，楼门顶的老乡也早已汇入中国百姓支持红军的群像之中。他们善良、纯朴，尽心尽力地帮助中国工农红军将革命进行到底。我不知道他们姓甚名谁，但在楼门顶漫步，我的心中始终充满感动和敬意；我不知晓他们的模样，但总觉得他们是可亲的、可敬的。

望着这么一座穿透风雨、穿越烽烟的写满故事的土楼，我的心中只剩景仰。眼前的楼门顶虽已不是当初的模样，但她仍以最初的姿态屹立在这蜘蛛形的山头，俯瞰着欧寮的山山水水、草草木木。

走出楼门顶，风又把雨吹来了。回头望，风雨中楼门顶的往事如老电影一般又从眼前飘过，一帧一帧清晰如昨。耳畔仿佛传来细腻甜美的童声："楼门顶、顶门楼，楼门顶原是幸福楼……"

第三辑　南胜古镇

探访南胜"云寮城"

◎ 何　况

南胜镇区航拍图（林清和　摄）

　　南胜现在是"蜜柚之乡"平和县的一个镇，但它在历史上也曾"阔"过。据清康熙版《平和县志》等记载，元至治元年（1321），曾析龙溪、漳浦、龙岩县地置南胜县，治所就设在今天的南胜镇；至元三年（1337），县治迁往今小溪镇旧县村；至正十六年（1356），再迁今南靖县靖城镇，更名南靖县；明正德十四年（1519），南赣汀漳巡抚王阳明奉命剿匪获胜后，奏请析南靖、漳浦县地添设平和县，意为"寇平人和"，治所设在河头，后迁小溪，南胜属之。

　　虽说好汉不提当年勇，但老镇却恋旧时光。我初到南胜，吃过盐水鸭、光倒刺鲃和麻枣，看过红榕、楼门顶和神摇漂，住过山间民宿欧寮，剩下最向往的地方就是"南胜四城"了。当地土著说起"南胜四城"，神飞色舞，语气夸张，好像不亚于北京紫禁城。我暗自质疑，南胜仅做过十几年的县治，怎么可能修筑过四座城池？

　　别不信，还真有"南胜四城"，其"芳名"分别为下美城、云寮城、坎顶城、法华土城。我对古城特别感兴趣，强烈要求考察"南胜四城"。淳朴的平和业余文史研究者林清和先生告诉我，"南胜四城"是真实的历史存在，其中云寮城是南胜陈氏开基祖为族人躲避战乱而筑，距今已有三四百年历史；下美城毗邻今镇上糖厂社区，临溪而筑，居住者为杂姓；坎顶城建于河道边，占地面积大，居住人口多，杂姓混居；法华土城建于千米高山——矶山山脉的平缓丘陵，林姓聚族而居，相传城围非常牢固，土匪想尽办法都没能攻下。

说到这里，林清和先生话锋一转，痛心地说："筑于明末清初的'南胜四城'，现在仅剩云寮城尚有城墙、城门遗址，其他三城已无迹可寻。"他转头望向我："还去吗？"

我坚定地说："去，去看看云寮城！"

那是一个太阳还很毒辣的午后，我们从一片废墟中走进云寮城。直到这时我才知道，包括云寮城在内的所谓"南胜四城"，与我们平常理解的"城"不是一回事，它是人们聚族而居的土堡，类似于客家人的土楼，以宗祠（天井）为中心，其他建筑围绕宗祠（天井）展开，相连形成外部封闭而内部敞开的建筑群，具有很强的对外防御功能。平和多山，匪患严重，不得不防。清康熙《平和县志》"土堡"项下有记："和邑环山而处，伏莽多虞，居民非土堡无以防卫，故土堡之多不可胜记。"又在"民风"项下强调："负山险阻，故村落多筑土堡聚族而居，以自防卫，习于攻击。"清康熙、道光《平和县志》均"约略附载"平和县境北路土堡100多座，其中"云寮堡"赫然在列，而"南胜四城"另外三城却不见踪影。由此可知，"南胜四城"应规范称作"南胜四堡"，且就"堡"而言，除了云寮堡，另外三堡在平和众多土堡中也寂寂无闻。至于"南胜四城"之说始于何时，载于何种典籍，现在已无从查考，或许就是一种民间俗称吧。

但是，不要小看云寮堡，它有独特的历史价值。

此刻呈现在我们眼前的云寮堡，以杂石堆垒成一米左右的墙基，然后在墙基之上夯土为墙，靠墙筑造房屋。这些房屋依地形而建，不方不圆，亦方亦圆，何处方哪处圆，认真比照也能大致寻到其规律。据主动和我们打招呼的一位老爷爷讲，过去里面住着几十户同宗的陈姓人家，热闹得很，现在虽然还有人住，但人气大不如前了，鸡鸭乱窜，荒草遍地，老房子更是倒的倒、拆的拆，无法看到当时的旧貌了。

云寮城旧址航拍图 　　　　　　　　　　　　　　　　　　　（林清和 摄）

　　我们感受到一种真切的凄凉，不忍与老爷爷对视。

　　林清和先生此前来考察过多次，熟门熟路地领着我们看残留的断墙、斑驳的城门和几间柱歪墙裂的土房子，从中想象云寮堡昔日的规模与气象。据老爷爷讲，云寮城以前有两个城门，一个叫顶楼门，一个叫下楼门。顶楼门因房子改建已经被拆了，现在只剩下楼门了。

　　我们在残留的下楼门徘徊良久，默默凭吊云寮堡旧日的辉煌。此门框架由坚硬的青石紧密拼接而成，虽久经风吹雨打，依然稳固如斯。门两边的墙体由不规则的石块粘连，高约两米，厚超一米，看上去非常坚固。但是，有门槛却没有门板，大门洞开，任由我们随意出入。我以此门为背景拍了几张照片，这才注意到门头上生长的植物就是我在厦门宾馆某号楼门前石壁上初次认识的薜荔，这种果实可以加工成凉粉食用的植物毫无预兆地闯入我的眼帘，提醒我应该认真打量周遭的事物，于是我记住了门前的香蕉树、龙眼树和老枫树。林清和先生说，这龙眼树和老枫树应该有一两百年了，它们是云寮城风雨岁月的见证者。他又指着树下的水渠说，这条水渠我们叫义路溪，当地人叫大溪仔，云寮城居民过去的饮用水都要来这里挑。我问："何以见得？我的意思是，堡里应该有水源。"林清和先生告诉我，云寮城里没有水井。这让我迷惑不解：里面没有水井，被土匪包围怎么办？我猜测是不是有暗渠引水，但林清和先生说迄今没有发现。我对此似信非信。

里外看过，我们正准备离去，突然听到有个阿婆的声音说着我听不懂的方言。林清和先生一拍脑袋，说："差点忘了领你们去看那块碑。"

我们跟着林清和先生钻进草丛，抬头就看到了一块石碑孤零零地立在那儿。上次林先生是和两位爆料人及两位当地村民一起用劈刀砍去茂密的杂草才首次看到石碑的。石碑立于方形基石上，碑高约 1.2 米，宽约 0.6 米。当时石碑因长期隐匿于草丛中，布满尘垢青苔，林先生他们无法看清上面的文字。两位村民提来清水，用刷子反复清洗碑面，才慢慢可以辨认出一些句子。但见碑的上方自右向左横向镌刻"佳厝碑记"四个篆字，下方自右向左竖向镌刻多行文字。此碑面世后，林清和诸人对碑文进行了初步释读，后来另一位平和籍文史研究者林鸿东先生又对碑文进行了全面研究辨识，获得了更为精准的释文。阳光下，我默读"佳厝碑记"：

夫创业垂统者，先公之厚德；守成杜患者，后人之远谟。本宗加厝，祖承勇公，分居斯所，迨因盗贼蜂起，于崇祯辛巳冬时，筹鸠集乡族就斯筑堡避乱，公议地基横壹丈带垂埕，逐年供纳加厝地税一斗，以为户役蒸尝之需，其中旷地为旧厅，加厝子孙祠祀祖，如日后有欲典掛等事，只可将屋盖转移，不许地基混帐。今恐人心不古，同勒石为记，永保巩固云。

弘光元年二月

"佳厝碑记"明确告诉我们，崇祯辛巳年（1641），南胜陈氏先祖来此筑堡避乱；南明弘光元年（1645），陈氏族人立碑记约。据当地老爷爷介绍，云寮城中心位置原是一座祠堂，佳厝碑就立在祠堂里，20 世纪 80 年代祠堂倒塌，碑被移出重新安置。我翻遍清康熙二十一年（1682）、五十八年（1719）和道光十三年（1833）《平和县志》，未见收录"佳厝碑记"。

说实话，我对此碑落款时间"弘光元年二月"的兴趣远大于对碑记内容的兴趣。我们知道，清顺治元年（1644）五月，福王朱由崧被马士英等拥立为帝，建元弘光，以次年（1645）为弘光元年；顺治二年（弘光元年，1645）五月，弘光帝被俘，短命的小朝廷彻底崩塌。即是说，在弘光小朝廷灭亡前三个月，云寮堡陈氏还遥奉南明弘光朝为正朔。我特别强调这一点，不是要表彰陈氏对明朝的忠心，而是想指出：佳厝碑应该是平和县最后一通、甚至可能是全县境内唯一一通落款弘光纪年的碑刻！这正是此碑的历史价值所在。

南胜"云寮城"保留下来的"佳厝碑"

（林清和 摄）

南胜城隍庙

◎ 陈常飞

南胜城隍庙（林泽霖 摄）

　　这座建筑隐在街巷中，已经历好些年头。

　　寺院给人的氛围是祥宁安和的，走进道观的感觉总是仙气缭绕，而它则给人以萧瑟之感。古云"秋风萧瑟天气凉""萧瑟动寒林""蓟庭萧瑟故人稀""回首向来萧瑟处"……萧瑟一词在古诗中的意向总是幽寂、凄凉、冷清的。之前我走访了福建境内的一些城隍庙，如果要用两个字来形容观后之感，非此两字莫属，可能这是城隍庙给我的第一印象。但细究历史，却发现它并没有被世人冷落，且常受人"光顾"。

　　论城隍庙的历史，首先应该提到当地历任主政官员。城隍庙是他们就职之初的"宣誓"之地。上任伊始，他们都会来这里敬拜，虔诚地向城隍公表达自己会廉政爱民，由是城隍神也成了公正廉明的象征；这个空间中也寄托百姓恩怨情仇，他们把赏善罚恶的诉求寄寓庙中，于是内心的委屈与忧郁，终于得到平复。城隍庙在古人观念中如同一只"看不见的手"，按照一种"律例"对为恶者进行制裁。这是古人心中的情感与"信念"。

南胜城隍古庙早已倾颓不存，旧物如今只剩抱鼓石。

如南胜镇上许多事物一般，往昔一切早已随风飘逝。历史影迹留给思古者兴发长叹。想曾经多少人在此往来穿梭，因为城隍庙会民俗活动也是当地人喜闻乐见的：当时锣鼓盈街、喧嚣竟夜，信众等抬着城隍公游街走巷，道旁有人焚香祷告。可热闹场面已成为那一代人的记忆，若翻开当地人心中的"南胜镇历史影集"，这些画面应该历历可见。虽然目前的生态空间与人文环境发生变化，但庙会活动依然延续，这是值得庆幸的一件事。至今每年农历五月二十五，当地照旧举行城隍公圣诞——庙会期间演戏三天，各路商贩齐聚、香客接踵而来。

今天的庙宇并不高旷宽敞，但也颇为精致。在一些资料上记录了当年修建过程：1986—1988年，"八约"信众捐资兴建，庙貌恢复旧观；草创后又于1991年重新粉刷，以后也屡有修葺。但这些过往又有几人去关注城隍庙史上的兴衰历程，又有几人会走进城隍庙中去追寻它过去的历史？这些，皆不可得知。

南胜城隍庙庙门　　　　　　（林泽霖 摄）

城隍庙楹柱上的联句，容易引起来访者的注意。

书写或镌刻在楹柱上的联句是城隍文化的组成部分，它是城隍庙建筑装饰的点睛之笔，其或歌颂城隍功德，或揭示劝善斥恶的神职本色，也具有警世、醒民作用。又或是一些充满哲思之句，读

南胜城隍庙内　　　　　　　（林泽霖 摄）

之发人深思。

南胜城隍庙庙门一联云："明察阴阳惩腐恶；德昭日月保忠良。"这一联体现了庙宇在"神职系统"中的定位；还有一副较有意思的对句："宽一分民则多受一分赐；取一文官不值一文钱。"此联不知是否取材于明嘉靖南安知府张津手笔，亦不知何时被用在此庙，平和县党史和地方志研究室林丽红的《探访南胜城隍庙》一文曾对之进行相关考证，暂且"按下不表"。

本文论述"居心济世"十一言联，并谈谈我的见解。该联句云：

> 居心不仁任尔叩跪终无益；
> 济世行善见吾不拜有何妨。

城隍神总是公正无私的。这副联意蕴悠长，且有典型意义，富含哲思。

在中华文化中，凡祭祀皆是一种"礼"。陆游曾作《宁德县城隍庙记》，这篇记文颇为特殊。他讲述"礼"与"祭"关系，也揭示祭祀城隍的重要性："城者以保民禁奸，通节内外，其有功于人最大，顾以非古黜其祭，岂人心所安哉？故自唐以来，都县皆祭城隍，至今世尤谨。"祭祀城隍是中国古礼制度的延续，这是官民信仰城隍的人文精神，也是祭拜城隍的根本意义。记文中，他道出城隍祭祀的最高目的，在

南胜城隍庙对联　　　（林泽霖　摄）

于使自身愈加正直无私："夫神之所以为神惟正直，所好亦惟正直。君倘无愧于此，则采涧之毛，挹行潦之水，足以格神。不然，丰豆硕俎，是谄以求福也，得无与神之意异耶？既以励君，亦以自励，又因以励邑人。"只是"礼"与"祭"两者关系在当代社会隐而不显。南胜城隍庙这副联，从侧面表达出祭祀城隍的意义以及城隍文化的重要内容。

南胜城隍庙并不出奇。论文物，它所剩无多；论历史景观，庙宇与周围古貌业已消失殆尽；即论"城隍神"神迹与传说也无点滴历史可供探寻。但即使这样，它还是值得追忆的，且它关系到这座小镇上一段不平凡的历史，即南胜镇曾是县治所在地，虽然时间很短暂，大约在1321年至1323年之间。城隍庙的设置是县、州、府治所在地的"标配"之一，所以从这个角度上说，城隍庙建设史就是南胜县的一张缩影。曾经建县的"证据"或许也还遗留在镇上某个角落，但城隍庙的存在却是一个最典型、最有代表性的佐证。

这段尘封的历史，暗藏在群山峻岭中，日随山风花气流转，悄无声息。多少年过去了，岁月的风雨把曾经的庙宇，还有在庙中发生过的事都洗刷殆尽。可能很多人只知道那是一座庙宇、是一处文保单位，知道还有几位老人在打理庙务，而城隍庙的作用与它所承载的文化怕没有人会再提起。城隍庙前的街肆熙熙攘攘、人声鼎沸，但昔日的旧影很难找到踪迹。人流依然在这块土地上穿梭不停，当经过这里时，应该总是健步轻盈，而不再对它寄托愿景与诉求。诚然，每一处古建筑、每一座古宅、每一个祠庙都潜藏着故事，都有着独特的文化内涵，这些正等待着镇上的"知情人"在苍烟巷陌中诉说心中的"回忆录"。当曾经的那一切得到人们的认识后，我想过此者定会驻足、沉思。

采风那天，当来到城隍庙时，天空正下雨，使得庙宇多了几分静谧，多了几分水墨韵致。步入庙中，一股浓郁的香火气息弥散开来，使我不由联想到古人进庙祷告的场景……不要认为这是一种愚昧、滑稽，因为城隍庙曾经是贫苦无告者心中的一份慰藉，它也记录着历任地方主官对它的一番承诺。

城隍文化是中华文化的组成部分，通过对城隍崇拜现象的梳理与研究，可以窥见于古代社会生活情况，但时移世易，当代人对它已很模糊。事物总是不断变换，曾经寻常现象都变成一种需要特别关注、专项研究后才能使人了解。福建省内的城隍庙也编了一些书，如简明的宣传册子，城隍文化论文集等，许多专家、学者都对城隍历史文化、城隍庙会的价值意义等作了研究与探讨，仅就相关出版物、印刷品亦可罗列一份"清单"，如《长乐城隍文化》《永泰城隍庙志》《石狮城隍庙》《诏安城隍庙》《城隍庙信仰研究·安溪城隍庙》《闽台神缘话城隍》

南胜城隍庙庙史
（林泽霖 摄）

《城隍文化研究论文汇编》《城隍文化研究论文选辑》《闽台城隍文化》，以及笔者编辑过的《福建都城隍庙志》等，但这些"成果"可能也只在某些"群体"中互相交流，并未普及。

隋唐以来，城隍信仰得到很大发展。有关诗、文俯拾即是，读来多意味隽永，而关于城隍的故事也构建了城隍历史与文化。

关于城隍庙的逸闻轶事，如真德秀城隍庙祝文祈雨、安溪城隍穿龙袍、郑成功礼城隍、王阳明兴建城隍庙、陈梦雷鸣冤城隍庙等，以及还有很多城隍驱邪斗恶、保佑生民的故事都流传在民间，或记录在某一本不被人注意的书中。应当说城隍故事与传说有其独特魅力，它不单丰富了城隍文化内涵，也延续了人们对城隍历史的记忆，同时也为"野史""笔记"的文本充实了"资料库"。还有关于城隍庙的许多诗句，如唐羊士谔《城隍庙赛雨》诗，有句云："零雨慰斯人，斋心荐绿苹。山风箫鼓响，如祭敬亭神。"如宋张耒《登城隍庙》诗，有句云："灵祠孤绝压城头，下瞰清濠一曲流。尽日风埃昏几席，有时箫鼓祭春秋。"再如明胡守安《任满谒城隍》诗云："一官来此几经春，不愧苍天不负民。神道有灵应识我，去时还似来时贫。"我想这些都带有普遍性，通过这些诗、这些故事，可以想见南胜城隍庙的文化。

采风那天夜晚，我没有做调研记录，也不忙于找查相关史志资料，因为这种"预备"工作已做过。自信对这个文化不会陌生，于是就所知展开思考，不觉夜深。

天龙岩

◎ 叶庚成

天龙岩航拍图（林清和 摄）

在中国的农村，神庙很多，但是里面供奉的神祇是各自不同的。人们只信仰自己的民族血脉传承和自己的劳动传承。中国人膜拜的精神偶像，就是那些给现在的人们带来现在的现实实惠和未来希望的先辈。在平和县的南胜镇有一座庙宇叫天龙岩，供奉着广济祖师，香火旺盛。它和千年古刹泉州的开元寺、漳州的南山寺、平和的三平寺建寺时间基本在同一时代，这里的信仰与膜拜是具体的、清晰可见的。

南胜名胜古迹多，但第一次听说天龙岩还是在 2023 年。有位当地的朋友不止一次告诉我："有空你一定要去看看！"恰好这次"瓷韵南胜 云上欧寮"采风活动，开启我的寻访之旅，金秋柚果飘香的时节，我再次来到五江之源的南溪蜿蜒流过的前山村，沿着村中崎岖的山路，到了半山腰便见一座寺庙，依山就势、错落有致，背靠岩仔山，两侧森林茂密，面前视野开阔，群山绵延。寺庙造型古朴庄重，红瓦白墙，掩映在遮天蔽日的古树下，说不出的清幽静谧，让心顿时沉静。抬梁式木构梁架，四角飞檐高高翘起，斗拱似欲振翅而飞的鸟雀，使庄重的建筑有了灵动感。

寺庙的管理人员老胡告诉我，天龙岩，始建于唐代宗年间（779），当初不叫天龙岩，因地理特征得名"鹧鸪岩"，是供奉观音、佛祖的寺庙，迄今已1200多年。寺庙地处半山坳密林深处，自然风光优美。但久历沧桑，饱经风雨，寺庙屡毁屡修，规模不大，人们把它称为"岩仔"。由于历代广大民众对祖师的信仰和敬慕，寺庙得以传承并保存下来。与我曾经去过的寺庙相比，天龙岩规模不大，也不显眼，部分建筑甚至还显得有些简陋和暗淡，但它却注定成为人们关注的地方。

漫步寺院，这里的一花一草都葳蕤着生命的活力。老胡说，由于广济祖师，各地前来朝拜者络绎不绝，信众纷纷建言开辟道路，改建寺庙，逐渐扩大规模。至19世纪30年代，寺庙的面积仅为100平方米，每逢节日演戏庆贺，只能演木偶戏，容纳数十人。1966年，寺庙被毁，惨遭浩劫。没有寺庙的十几年，大家好像失去了什么东西似的。1978年，信众们立即着手进行修建，恢复原貌，后来又陆续搭建戏台，拓辟寺前广场，整治环境，完善设施，至2008年已达到一定规模。寺前宽敞的广场，可让人们在这里散步，放松心情，眺望远山美色。寺庙右侧建有戏台，可容纳上千人前来看戏。后座新建楼阁，设计精巧，上下行走自如，登楼俯瞰，茂密的柚林，翠绿苍郁，尽收眼下。寺庙华丽壮观，千年古刹，焕然一新。这里俨然成了村落边的佛门净地。

每次寻访一座古寺庙之时，自己都会不按常规地溜达，很简单，只是想去更安静的心感受每一座寺庙的历史文化。对于老的物件，心里始终有不舍的爱，因为很多东西一旦失去便再也无法回头。人、事、物都是如此。老胡带我去看天龙岩寺庙存有一块老石刻，在寺外蜜柚园的田坎上，因风雨侵蚀，上面一些文字线条已难以辨认清楚，但从残缺的原始石碑文内容，我们依稀可以解读出"俗家田"制的部分内容：明宪宗成化十年（1474），天龙岩开始实行"俗家田"制度，即寺庙附近的部分农田经营权归寺庙所有，收成的粮食供僧人维持生活，收入的资金供寺庙日常开支。这种制度一直延续到1949年9月，历经475年。从鹧鸪岩到天龙岩，寺庙的日常事务管理由僧人主持，这种寺规一直延续到首届天龙岩管委会成立（1977）前。如今，天龙岩已由理事会去管理，香主、报锣、印敕、印斗、头家这"五会首"自然成为管理的核心人物，他们是以新时代群众为代表的对传承的崇拜，自然会以更为科学的管理方式，让寺庙变得更大更美。

天龙岩寺门两侧有一对联："天地从君广济祖师，龙岩坪寺山宗公地"，从对联的内容似乎可以看出此寺庙与广济祖师的不解之缘。老胡开始滔滔不绝地讲述着世代流传下来有关天龙岩与三平广济祖师的一段传说。既然是传说，也就没必要考究真伪了。说是，有一次义中禅师从广东入漳，路过此地，看见寺庙场地小，住了一晚就往文峰三坪而去。唐会昌五年（845）武宗废佛汰僧，对佛教的打击很大，时年已65岁的义中禅师，为了逃过这一劫难，率领僧众，避入深山密林，曾又来到前山"寨仔"佛寺，把这里作为临时的卓锡之堂。之后义中禅师到平和九层岩（即文峰三坪）卓锡，在这化外蛮荒之地，继续弘扬佛法，保存了禅宗主流一脉的真传。路过住一晚，逃难又选这里。看来，当时的"寨仔"佛寺是高僧心中的温暖家园。

三平祖师公一生传奇，让后世景仰膜拜。"济世济人、仁爱利他"的三平祖师文化，已有千年历史，底蕴深厚，影响深远，信众遍布36个国家和地区，不仅是联结海峡两岸情缘、增进海内外友好往来的重要载体，更是中华优秀传统文化不可或缺的一部分。三平祖师信仰是一种地方民族文化，早在南宋期间，祖师公的"香火"则传至龙溪县小港后房，到了明清时期，祖师公的"香火"在闽南、粤东和港澳台等地，乃至东南亚一带及世界各地广为传播。据《三平寺志》载，明宪宗成化十年（1474）八月，三平寺香火传至南胜，民众把前山、龙溪两村交

天龙岩留下的原始石刻文字

（林清和 摄）

界处的寨仔旧寺庙，改建命名为"天龙岩"，建筑面积600平方米，进山门为天井，左右为厢房，中间一进三间，奉祀三平祖师，寺内还供奉蛇、虎侍者、观音、佛祖、三宝佛、五谷帝、伽蓝爷、三五公、婆祖妈、三平祖师师父、三平祖师舅父诸神，香火不断，迄今已500多年，在已知的102座分庙中，算是最早的几座之一。

信仰的力量是无穷的，而且会绽放出美丽的花朵。三平祖师信俗已成为非物质文化遗产，并得以广泛传播。正月初六是广济祖师杨义中的诞辰日，十一月初六是广济祖师杨义中的圆寂日，天龙岩和三平寺一样举办丰富多彩的活动纪念、祭祀广济祖师。《三平寺志》载："节庆时，舞狮、龙艺、演戏，热闹非凡。""现在他们每七年（前四年后三年）两次到三平寺进香。"二月十三是天龙岩广济祖师往三平寺进香日。这是天龙岩，也是南胜镇胡姓民众及"八约"，即南胜镇八大姓氏信众规模最大、最隆重的民俗活动。进香团往南胜东部的欧寮村，沿着崎岖山路，翻山越岭，轿抬广济祖师及蛇、虎侍者三金尊到三平寺。这条古香路也因此热闹，沿途信众以各种方式盛情迎接款待。舞狮、龙艺、演戏等人们喜闻乐见的文化活动也在这个时候火热上演。

天龙岩史

（林泽霖 摄）

"寨仔"佛寺与广济祖师的故事已过了1000多年，但祖师文化却得以不断地继承和发展。如今，"博学圆融，精益求精"的为学精神、"不畏艰难，勇于拓展"的担当精神、"舍我利他，广济普度"的奉献精神，这些祖师精神永远激励当地群众，他们在信仰上的追求正朝着健康、快乐、幸福发展。老胡说，随着信仰群众增多，来天龙岩观光旅游的人也在逐年增加，现在每年都有港澳台胞及厦门、漳州、漳浦、云霄、及南胜、五寨、坂仔、小溪等地信士前来参拜，香火旺盛。最远的有上海、南京、广州等地的游客。大量游人到天龙岩观光，给这个偏僻的乡村带来了人流、物流、信息流，拉动了当地的经济发展，一旦条件成熟，天龙岩将进一步提升景点品位，与附近的观音亭、保宁庵等景点捆绑打造成又一闽南佛教旅游胜地。

　　听老胡讲故事，找当地群众聊天，不觉已是半个下午。天龙岩上空纯澈的蓝天和白云都不见了，取而代之的是美丽的晚霞，在霞光的映照下，寺庙更显魅力。晚霞与古寺，岩仔山与南溪，演绎着自己这片土地的风情故事和人文气息。

　　或许是因为信仰，生活在这里的人，跟老胡一样的气质由内而外地散发出一种笃定，他们自然而然流露出的那种对生活的淡定和从容，反照得我们有些浮躁。在天龙岩的所在地，信仰不只是一种宗教仪式，更是一种生活方式、一种生命状态。他们把生活过得有声有色，是因为精神富足，此所谓，淡泊名利，宁静致远。

　　驱车离开回望时，落日余晖返照下的寺院云蒸霞蔚，静谧美好；山水之境，禅意之间。

塔山观音亭

◎ 黄朝阳

南胜塔山观音亭（林清和 摄）

有时候，一座山是无法决定自己命运的，尤其是那些常常闯进人们视野的山。

塔山，这座孤独地立于南胜大地上的小山，仿佛从天上掉落的一个土包，如乌龟般匍匐在旷野中，它之前的名字就叫"龟仔山"。虽然其貌不扬，但它的位置实在是太显眼了，在旷野上，它就像脱离了群山的手而独自撒欢的孩子，无法不受到关注。

有一天，一位元朝的当地官员把自己身体的不顺当与龟仔山联系了起来。当时，由于坂仔的李志甫起义，南胜县县令被杀，县治迁移到了小溪镇旧县，南胜只设分府。在南胜分府任职的官员一段时间总是疾病缠身，于是请来了有名的赣州风水先生。风水先生在一番勘察后，认为导致官员身体出毛病的罪魁祸首是南胜的风水，当地的龟仔山和鲤鱼岭是活地，只有想办法把它们镇住，才能改变风水。官员一听，"龟仔""鲤鱼"都是活物，不镇住会闹腾似乎有些道理。于是，官员按风水先生授意在鲤鱼岭靠溪边处，以两大石板一上一下、一前一后作箭样对准鲤鱼岭的"鱼头"，把鲤鱼"射死"；而龟仔山，则在其山顶建一座石塔作钉，把龟"钉死"。

龟仔山是一个视野无遮无拦的所在，而修建石塔又是一个不小的工程，自然牵动了当地群众的目光。大家不知内情，只道是官员在龟仔山上修塔造景，不禁纷纷叫好。看着源源不断运往龟仔山的石料，听着龟仔山上叮叮当当的响声，刚开工建设，大家的脑海中就已经有了一幅龟仔山上石塔高耸的构图，心里产生着建成后一定要去看一看的冲动，石塔的进度也成了大家茶余饭后最重要的谈资。

当然，没有谁比官员更关心石塔的建设进度，这可是与他健康攸关的一个工程。虽然施工现场粉尘飞扬，但官员还是三天两头就登上龟仔山，看进展催进度。县治迁移后，南胜已经很少有什么官方的建设项目，官员在石塔建设上忙碌的身影为他在民众眼里加了不少分，大家都觉得这是一位办实事的官员。也许是往来奔走锻炼了身体的缘故，又或者破解了风水影响而心情愉悦的原因，大家发现，随着石塔的渐渐建成，官员原来病恹恹的样子不见了，身板挺直了，气色红润了，眉头也舒展了。

挂于塔山观音亭内的南胜塔山老照片。该照片所反映的是清末时南胜塔山的样貌　　　　　　（林泽霖　摄）

石塔终于落成，果然不负所望。民众呼朋引伴，前往一睹石塔风采。石塔共五层，十六七米高，米白色的墙体在灿烂的阳光下熠熠生辉，映衬得满山的绿树红花都精神起来，让每个参观者心里都增添了不少自豪感。大家说，今后这座山别再叫龟仔山了，不如叫塔山，又响亮又不落俗气。有人反映给官员，官员正中下怀，没有了龟仔山今后不就没有龟仔闹腾了？官员欣然拍板，既然是大家的意见，那就改叫塔山吧。

在平和，因塔而名的山不多，除了南胜这座就剩下九峰的双塔山了。九峰的双塔山原名朱雀山，山上的两座塔始建于明朝隆庆年间，那时，九峰是以平和县城的身份出现。由于建县后中举的人不多，风水先生指点说原因是文庙正对的朱

南胜塔山观音亭 （林泽霖 摄）

雀山"平坦如丘阜"，导致"文峰低陷"。时任知县的卢焕就发动捐资在朱雀山上填土造塔，一大一小，分别为"大文峰塔"和"小文峰塔"。大文峰塔七级，高 20.7 米，比南胜石塔大，小文峰塔则小于南胜石塔，仅三级，高 10.1 米。

虽然龟仔山和朱雀山都为了改变风水而造塔，也都因为建了塔而改了称呼，但是，这两座山的命运却有区别。九峰的双塔山，因塔而走进了平和的县志，清康熙己亥年（1719）、清道光十三年（1833）、1994 年修订的《平和县志》均对其作了记载，而南胜的塔山在现存的所有《平和县志》中均不著一字，被历史所遗忘。这也许是南胜在造塔时已失去了县城的光环，而九峰彼时正是平和县城所在之处的缘故。

两座山的命运还有其他不同。九峰的双塔虽历经坍塌损毁、重建、拆毁、再重建的辛酸，但如今依然高高耸立，而南胜的塔山只空留其名而不见石塔，它的倩影只留在一些老辈的口口相传中。2019 年，一张由英国传教士拍摄于 1918 年的老照片现身，才让不少后人难得一睹石塔的芳容。至于塔消失于何时，现在已经没有人能说清楚，但老照片可以证明，是 1918 年之后的事情。当地有一种传说是，石塔建成后，大家都以为此举宛如在南胜大地上立了一根大"笔"，从此定会人才辈出，远胜县内其他各地，但结果却令人失望，所以后来有人将石塔的塔尖毁掉，再之后由于南胜圩的水面桥因水毁需重新搭建，大家便从石塔上取石块，拆毁了石塔。

　　这种传说的真实性现在已无从可考，也存在着一些疑点。石塔在塔山上起码经历了 500 年风雨，足见当地人一直对这一建筑是心存爱护的。而且，能关注家乡出人才的多少，也肯定是有识之士，不至于下狠手去损毁一座有几百年历史的古建筑。是否还有一种可能，石塔是因天灾而损毁？据 1994 年出版的《平和县志》记载，1918 年后平和有两次较大的地震：民国七年（1918）二月十三日地震，房屋损坏很多，九峰山崩滚石，有一些人被击伤；民国三十年（1941）九月二十一日地震，屋尖墙灰坠落。而九峰的双塔，在民国七年（1918）的那次地震中，小文峰塔坍塌，大文峰塔顶端石葫芦折断。南胜的石塔是否在那次地震中遭遇了大文峰塔同样的命运？"文革"时，九峰的双塔被拆毁，南胜石塔是否也在那时惨遭厄运呢？

　　岁月如风，许多真相已经随风而去。一座失去了塔的塔山，没有了石塔夕照的美景，没有了瞻仰的目光，在岁月里寂寞了好久。直到 1987 年，南胜人的目光再次集中投注在塔山，决定在山上兴建观音亭。慈悲为怀、普度众生的观音菩萨在闽南

塔山观音亭庙门　　　　　　　　　　　　（林泽霖 摄）

地区有着广泛的民间信仰基础，南胜人也不例外，从明朝起，当地便建有观音亭。1946 年，南胜观音亭被改建为乡公所，观音菩萨被移至坎顶城的新庙供奉，1951 年又移至大茂山。但大茂山山高路远，日常朝拜不方便，于是，交通便利、视野

开阔的塔山，成了最佳选择。

如今的塔山上，树木高大葱茏，掩映着观音亭。也许是考虑到塔山孤立在旷野之中，无遮无拦，四面来风容易侵蚀到建筑的缘故，观音亭墙体选择了条石，显得古朴而厚重。观音亭为一层两落建筑，中有天井，加上位于山顶上，采光极佳。庙宇的背后，矗立着一座建于2012年的露天观音石雕像。据碑文记载，雕像的莲花座直径3.5米，高1.5米，佛身高8.4米，总高9.9米，重约130吨。雕像上，慈眉善目的观音菩萨目光越过观音亭的屋顶眺望远方，似乎在观察人间冷暖，守护一方安宁。观音亭前有个

塔山观音亭石碑　　　　　（林泽霖　摄）

小广场，可供香客前来朝拜时休憩。站在小广场的栏杆前极目远眺，视野极其开阔，虽无一览众山小的豪迈，却也可得游目骋怀的愉悦。南胜人用一对庙宇楹联，表达了他们将观音亭建于塔山之上的自豪："宝座居塔峰南镇第一，塔光昭龟地胜境无双。"

之前因风水不好，龟仔山上建了塔，易名塔山。如今因建了观音亭，塔山成了"胜境无双"。山还是那座山，但其前后境遇大不相同，山是没办法把握自己命运的。其实何止是山，那建了又拆的石塔、几易其地的观音亭，在南胜热闹了十九年的县衙，谁能把握自己的命运呢？左右这些命运的只有人。之前荒芜的土地变成了良田、果园，高低不平的土路变成了平坦宽阔的水泥路，低矮破旧的瓦房变成了高楼大厦，这些不都是人的杰作吗？只要生活在这片土地上的人热爱生活、乐于奋斗，生活肯定会更加美好，家园肯定会更加美丽。

保宁庵往事

◎ 朱超源

保宁庵（林清和 摄）

保宁庵是一座庙，坐落在南胜镇义路村义路楼仔和新楼之间，又称义路庵，约建于明朝后期，迄今已有 400 多年的历史，供奉主神广惠尊王，名谢安（东晋孝武帝时宰相），俗称王公。这与九峰镇复兴村的崇福堂供奉的主神如出一辙。庵门对联"地位清高远接云霄陀岭，门庭开豁长临胜水漳江"，遣词简练，意境高远，寥寥数字就把云霄、漳浦、平和山水尽揽囊中。

这个地方并不陌生。这是儿时戏耍的天地，什么捉迷藏啦、跳格子啦……无不在这里演绎。这里聚集了太多儿时的欢乐，时光飞逝，往事如烟，窗棂房檐处依稀还回荡着银铃般的笑声，记忆的闸门总在不经意中被熟悉的一砖一瓦、一草一木所叩动，然后被轻轻地拉扯开来。

外婆家就在距庵不远的楼仔组的土楼里，一到假期，我总得在这里待一段时间，因为那里有好几个年纪和我相仿的小伙伴。与喧闹的小县城不同，静谧的山村总是散发着泥土特有的芬芳，那一畦畦油菜花地高挺着杆，叶子吐着新绿，簇簇黄澄澄的油菜花点缀其间，花香弥漫，惹得蜜蜂翩飞，黄色的海洋将整个土楼给团团包围住。土楼有三层，最上面一层互通，我们可以从大门边的楼梯上去，绕着土楼跑一圈；抑或突然从某一家没上锁的房间偷偷溜下来，脚下生风，把惊愕万分的主人的责骂声抛在脑后，绕着土楼外围跑，土楼成了嬉戏打闹的"战场"。无奈慢慢地，那里成了鸡鸭鹅的天下，三三两两，到处溜达，随便屁股一抬，噗嗤噗嗤的，爱理不理，硬是活生生地把我们给赶到了庵前那一片空地。唉，两条腿的居然争不过两只脚的，在它们的撒手锏面前，我们只得乖乖示弱。

在保宁庵门前玩，有时会看见一个乡亲扛着一袋东西往庵里走，一会儿工夫就肩扛手拎两大袋东西出来，而且陆陆续续，像变戏法一般，当时我们总是很纳闷。保宁庵，是个会变魔术的庵，我心里暗自嘀咕着。平时总见庵门虚掩，所以每一回听到机器声响，我们都会赶紧停下游戏，凑到庵门处看个究竟。因为个子矮，总得爬上门柱边的青石上。庵门前的那两块青石，是滑滑梯的好场所，总是被我们的脚板、屁股磨得异常光滑。透过缝隙往里瞧，大殿供奉的神像排列得很有架势，很是威严，我们可不敢靠近。只见人们把跟晒在庵门口的谷子一样的东西往偏殿

保宁庵正殿　　　　　　　　　　　　　　　　　（林清和　摄）

旁边的一台机器一倒，随着机器轰鸣，白花花的大米就跑了出来，机器声一停，他们会把簸箕里黄色的谷壳用另外袋子一装，付过钱后离开。当时我们一直不明白，为什么明明是谷子，进了机器捣鼓一番，一会儿工夫就会变成了晶莹的米粒？太神奇了！

后来听舅舅说，保宁庵原来为义路乡政府所在地，庵内设合作社供销点，庵后建茶厂、罐头厂。乡政府迁出后，改为碾米厂，再后来，慢慢开始了一些庙事活动，我们终于明白原来变魔术就是在碾米，这样的厂也未免太小了。

外公是个不苟言笑的老人，记忆中，我很少见他露出笑容。不过让我感到诧异的是，每次我们在保宁庵前玩都会看到外公的身影，他要么帮去碾米的左邻右舍拉拉袋口；要么拿着庵里自制的笤帚这边扫扫、那边掸掸；有时也看见他用抹布轻轻地擦拭着摆在案几上的神明，很是虔诚的样子。偶有遇上前来进香的人，他会客气地与他们打招呼，帮着张罗。有时候我们在保宁庵前撒野，过了饭点还没回去，他会慢悠悠地背剪双手，突然出现在我们跟前，一脸冷峻的神情，怪是吓人。只要一声简单的呼唤，我就得乖乖地跟他回去，我偷偷瞥了一眼，他们几个也是屁颠屁颠地跟在我后面。外婆说保宁庵是外公的另一个家，家里农活忙完了，就见他一声不吭地往保宁庵赶，有时会见他独自在保宁庵喃喃自语。外婆说他曾经是地下交通员，经常往村子后面的邦寮山给红军送东西，后来落实政策也发了个"红本本"。不过，这还是在外公去世后她才告诉我的，如果早点透露这个消息，或许我还会缠着外公说说战争年代的故事。

往后，到外婆家的次数越来越少了，也只有在每年年初二跟随母亲看望外婆，才匆匆路过保宁庵，却也瞥见保宁庵在不断地发生着变化。原先破陋不堪的庵已被修葺一新，庵前错落有致，花圃种上青翠欲滴的榕树，庵门前的广场各项配套设施很是齐全。不过庵门门柱还是没变，那副对联还是如旧，那两块青石更显光滑。听说清乾隆年间，义路杨姓族人先后渡台拓垦，繁衍生息。近年来，台湾宗亲千里迢迢回义路寻根，晋谒祖庙。海峡隔着两岸，却无法隔开亲情。静寂的山村热闹了起来，香火缭绕，鞭炮声此起彼伏的。看来，保宁庵是个有历史、有故事的庵。

一次采风活动，保宁庵再次进入了我的视野。那次同行的向导是杨老师，在

保宁庵珍藏一块和抗日相关的牌匾 　　　　　　　　　　（林清和 摄）

多年前他和我曾经同事过，他开玩笑说他是地道的义路人，而我则是义路的外甥，论辈分来说得管他叫舅，我说南胜不是有个话叫"外甥胡乱撞"（闽南语，意思是外甥对舅舅可以胡来不用客气，而舅舅只能顺从），我们的结缘来自"义路"，当然说起话来也就顺畅多了，一点儿也并不陌生。他告诉我保宁庵发现了一个宝贝——牌匾。据杨老师介绍，那块匾长约2米，宽70多厘米，是在2010年重建保宁庵的时候，被重新发现并保存下来的。他从长期在庵里工作的庙祝老人杨杞梓了解到，那块匾原先挂在庵里的中堂上，上面被红色油漆覆盖着，并写有"为人民服务"五个大字，后来牌匾松动被拆下来，但一直没有丢弃，就随手把它搁在杂物间。前几年，杨杞梓无意翻动牌匾，发现牌匾上面油漆皲裂开始脱落，隐约可见有模糊的字迹。老杨心里一喜，他想，莫非油漆背后还隐藏了一个秘密？等他把牌匾表面油漆清涮干净后，眼前一亮，他发现匾上竟然还刻有许多字。幸福来得太突然，这一惊喜的发现让他兴奋得彻夜难眠，他赶忙找来村里的教书先生杨大来一起研究，没想到，这一偶然间的发现，掀开了保宁庵神秘的面纱，为它写下了浓浓的一笔。

　　那块长匾上刻着"荣宗耀祖"四个大字，右侧刻着"福建平和县义路保宁庵献金救国义举可风，爰题赠匾以誌表扬"，左侧刻着"福建省政府委员会主任委员、中国国民党中央执行委员、监察院闽浙区监察使、福建省抗战敌后援会主任委员、中国民国二十九年拾月毂旦陈肇英"。1940 年的牌匾，留存到现在已有 80 多年了。就牌匾的内容而言，就值得好好推敲和品味。真想不到，小小的保宁庵居然有这么一段厚重的历史！杨老师很是兴奋，自豪之情溢于言表。

在杨老师的引领下，我终于见到了牌匾的庐山真面目。这块已经十分斑驳的牌匾，虽然历经时间的淘洗，却愈发显得质朴无华。岁月的烟尘无法湮没历史，瞧着笔力遒劲的字迹，当年的那可歌可泣的一幕不由得在眼前浮现。

保宁庵所在地的南胜镇义路村背靠邦寮山，当年这里正是中共闽粤边区特委和红三团活动的根据地。受此影响，南胜义路村一带百姓积极投身革命，支持红三团，冒死送情报、护伤员、接援物资，当地百姓为革命作出巨大牺牲。抗战爆发后，1938 年 1 月，红三团从平和南胜欧寮、邦寮山、峨眉山一带到平和坂仔集中，部队编为三个连，共 300 多人，改称为新四军第二支队第四团第一营，部队从平和出发，奔赴抗日一线。第二次国共合作时期，民众抗日热情高涨，当时部队缺衣少食，而保宁庵香火鼎盛，为支援抗日，就把庵里攒下的香油钱全部捐给抗日的部队，两年后，也就是 1940 年秋，"福建省抗敌后援会"特赐那块匾额，以表彰南胜义路保宁庵的捐献义举及义路人民的爱国热情……

杨老师对保宁庵的历史了解得很透彻，他如数家珍，娓娓道来。近些年来，为了让更多的人了解那段鲜为人知的历史，他志愿当义务讲解员，查阅资料，走访长者，为传承红色基因，讲好红色故事做足了功夫。在他憨厚的脸上，闪着坚毅的目光，他说有责任让下一辈懂历史、知乡情、会感恩，让保宁庵在海峡两岸血脉相连方面继续发挥它的作用，让大家永远铭记那段不同寻常的历史。

尘封的记忆，不应被忘记。保宁庵，正如它的名字一样，保护一方安宁，期待佑泽一方，一路芬芳。

南胜"八约"

◎ 杨文蓉

2019 年二月初八南胜镇保生大帝民俗活动——
"南胜八约"彩街活动　　　（林清和　摄）

　　南胜镇，地处平和县东南部，东临漳浦县，南界五寨乡，西毗国强乡，北接坂仔镇，它是一个山林多、雨水多的丘陵小盆地。因自然地理条件优渥，气候常年温暖湿润，四季如春、瓜果飘香，就形成了一个奇妙万千的小世界。虽说这只是小小的一方风景，但这里的一山一水、一草一木，仿佛都带着灵性。

　　南胜地名的由来，颇为强势，据传说，宋朝时代相爷杨文广领兵征战闽南十八洞，在与南胜大（贼）寨交锋时，大获全胜，因而得名"南胜"。南胜于元至治年间（1321—1323）建县，析龙溪、漳浦、龙岩交界地域城置南胜县，地域可谓十分辽阔。至元六年（1340）迁县于琯溪之阳，今小溪旧县，南胜地方则为分府。正一十六年（1356）改设县于兰陵（今南靖县靖城）。南胜建县，短暂得如一朵美丽的昙花，绽放在历史湍急的长河中，却在人们还没来得及尽情欣赏时，便已香消玉殒，凄美而又悲壮。

　　"名无固宜，约之以命，约定成俗，谓之宜，异于约，则谓之不宜。""约"，是指提出或商量需要共同遵守约定的事；共同订立、需要共同遵守的条款等。曾经年少不更事的我，仿佛把自己摁坐在无神论者的座位上，对父辈们拜神求佛的行为甚是嗤之以鼻。但每次听到父亲提起有关南胜的"八约"，心中却莫名地就产生了一种敬畏感，甚至是一种安全感。"八约"，哪怕时至今日，仍然是一种神秘的力量，在束缚着南胜人们的言行举止。

南胜的"八约"，这里的"约"是根据古代"地方志"村居与里之间的单位名，且平和县域地方较早的"村规民约"，相传在清末民初就已经出现了。据传，在1925年农历二月初八日，南胜镇民众无法忍受繁重的苛捐杂税，由洋头约叶姓、法华约林姓、义路约杨姓、云寮约陈姓、后裕约林姓、前山约胡姓、龙潭约黄姓，及大姓约杂姓（包括坎头陈姓、禾仓蓝姓、船民和其他小姓如董、施、洪等外来姓氏）。八个姓氏各推出年高德劭、博学多才者领头联合开会，组成"八约"，共同进行反苛捐斗争。

在1925年农历十一月间，漳州人王和卿带领十三名税警前来南胜收税，他们专横暴戾，烧杀掠夺，激起了朴实的南胜民众怒气万分。法华坎下楼"秀才公"林飞舫，召集"八约"各家姓族长在南胜"塔山观音亭"开会商讨对策。会上制定出"小事各人担，大事十五分三"的分担办法，激励鼓舞了南胜民众的信心和力量。苛税事件愈演愈烈，在法华土城的一位百姓惨遭税警杀害后，南胜民众终于群起反击，一举打死了13名税警。事发后，官府要严惩肇事者，但慑于南胜民众凝聚的威力，不敢前来追究，最终以赔偿两万银圆了事。所赔银圆按原定的"十五分三"，即杨、林、陈、胡四大姓各3分，黄、叶、后裕林各1分，大姓0.3分，人丁田亩各半分担。"十五分三"凝聚着南胜人民强大团结的精神力量，也鼓舞着南胜人民反抗压迫的斗争勇气。南胜的"八约"，维护了百姓的利益与安全，终成为人们团结抗争欺压的有力支柱。

南胜的"八约"，既管民事。这家姓族长制的统治，约定俗成，但凡是"八约"决定的事，时至今日，几乎很少有人敢于再去争议与改变，在清朝后期一直延续了六七十年之久。在南胜镇地界，如有群众发生纠纷难于解决，或出现重大事故，就会"下八约"，请各家姓族长至"南胜塔山观音亭"开会讨论，协商处理方案，并付诸实施，且效果良好。因此，"八约"在维护群众权益及平息纷争的处理事务上，

2019 年二月初八，南胜镇保生大帝民俗活动——"南胜八约"彩街活动　　　　（林清和　摄）

发挥了独特的作用，在群众中有相当高的威望。后自民国以来，虽也有经过改制，但"八约"的权威在民众的观念里仍然余威犹在。据了解，当下南胜镇的"八约"也与时俱进，热心参与捐资助学，激励着一代又一代的莘莘学子积极上进；集资修路，使得各个村庄的乡间小道分外整齐干净；抚慰高龄老人、帮扶孤寡老人等公益事业，为南胜镇的发展添砖加瓦，共塑家园的美好氛围。

"八约"又管庙事。如开展庙事活动、开展宗教文化交流等。"八约"也是南胜镇最具传统特色、最具有影响力的古老民俗文化节活动之一，每年农历的正月初十日至十五日，南胜镇八个姓氏的村民们便会齐聚集镇，举行龙艺踩街、谜语竞猜、花灯展等活动，敲锣打鼓共同庆祝这年味浓厚的节日，全镇的龙艺队、腰鼓队、彩车队、彩旗队、锣鼓队、扇子队等从小镇的八个方向，向集镇汇集，阵容长达几千米，吸引了周边的乡镇民众也纷纷前来观看，人山人海共庆"八约"。随着龙艺车、花车、乐队的经过，鞭炮声、锣鼓声响成一片，展示过去一年里的劳动成果，人们相互交流、相互促进，百姓们也借此祈求来年国泰民安、风调雨顺、五谷丰登。"八约"活动成了南胜人民欢度节日、营造欢乐、和谐共处的重要载体。

如今的南胜镇，已经是一颗被剥了皮壳的原石，正在接受创造者们的打磨与抛光，料想它隐藏的天然美一旦被打开，必定会令人惊艳！南胜人民正在等待这个小镇再次成为人们的聚焦点，等待欣赏它最终喷发出的那道瑰丽光彩。

这个地处偏远的小镇，人们热情好客、民风淳朴，生活简单而又充实。悠悠绿水，滋养了延绵翠绿的山脉，隔绝了山之外的喧哗，这里没有车水马龙，没有灯红酒绿，只有绵柔乡音的问候与祝福，让纷至沓来的游客们倍感质朴与亲切，那些用闽南乡音唱出的歌曲，传递着家乡古老的文化与记忆。

我的老家就在南胜镇，我是一个土生土长的南胜人。面朝大矾山，背靠太极峰，秉承着父辈们的生活习性，每天日出而作，日落而息。闲暇时，携上一本旧版的《平和县志》，去到乡间的村落中穿梭，去触摸历史遗留的痕迹，去听一听古朴老人传教儿孙唱闽南乡音的童谣。在下雨的日子里，闻一闻那屋檐下散发出来的淡淡茶香，甚好。

第四辑

海丝南胜

（李润南 摄）

妈祖庙：水上平安的信仰

◎ 何　英

妈祖宫（林泽霖 摄）

一

妈祖，海上女神，是炎黄子孙民间信仰水上平安的符号。

妈祖，原名林默，宋建隆元年（960）农历三月二十三日诞生于福建莆田湄洲岛，宋雍熙四年（987）农历九月初九日，为救助海难而献身。

据传，父母为她取名默，是因她出生至满月从不啼哭。林默自幼聪颖，8岁能诵经，10岁能释文，13岁能学道，并用所学之道经常在海上抢救遇险渔民。987年农历九月初九，林默因救助海难而献出年仅28岁的生命。

林默去世后，人们感念她的恩德，自发在湄洲岛上立祠祭祀，奉为女神，敬称之为"默娘"。民间传说，林默羽化成升天这一天，湄洲岛上群众纷纷言见默娘乘长风驾祥云，翱翔于苍天皎日间。从此以后，一代又一代的航海人，常见默娘身着红装飞翔在辽阔的海上，救助遇难呼救的人。慢慢地，一代又一代的海船上就逐渐地在家中和船舱供奉着默娘的神像，肇尘妈祖，以祈求海上航行平安顺利传播于海内外。

宋代以后，随着我国海洋事业的发展，这位地方性的民间神祇受到历代朝廷的重视。宋徽宗封妈祖为"顺济夫人"，开创了朝廷对妈祖的首次褒封，从此确立了妈祖海神的地位。

此后，妈祖被加封为"灵惠昭应夫人""灵惠助顺显卫英烈妃"等。元、明、清历朝历代的帝王又对妈祖褒扬诰封为"护国辅圣庇民广济福惠明著天妃""庇民妙灵昭应弘仁普济安定慈惠天妃"等。据有关史料记载，历代朝廷褒封妈祖达36次之多，妈祖成为中国最具影响力的民间航海保护女神。故此，我国民间在海上航行都要在启航前祭拜妈祖，同时在船舶上供奉妈祖神位。这就是"有海水处有华人，华人到处有妈祖"的真实写照。

妈祖文化是积淀下来的传统文化，是优秀的地方传统文化之一。民间建妈祖庙供奉妈祖，传承的香火气息沁人心田，这是劳动人民遗留和传承下来的物质及精神的财富，是民间传统文化的瑰宝。

而今，世界各地有妈祖分灵庙近10000座，遍布于中国、日本、新加坡、印尼、马来西亚、美国等40多个国家，信众近3亿。妈祖的民间故事历经千年的演绎和传颂，早已形成我国特有的瑰丽神奇、博大精深的妈祖文化，并积淀成立德、行善、大爱的诗歌，在世界各地广泛流传。

二

南胜，虽然离海洋有一定的距离，但是由海洋文化传承到这山村一隅的妈祖信仰，却以特有的东方民间文化的钟灵毓秀，融华夏海洋文化的神秘奇特和民俗文化的古朴绚丽，在这里发扬光大。

相传，最早将妈祖信仰传播到南胜的，是漳州云霄人柯氏。

柯氏，名阿大。阿大的祖上都是老实巴交的农民，父母生六子，分别按兄弟的排序取名阿大、阿二、阿三、阿四、阿五和阿六。兄弟俩成家立业后，阿大跟随本地乡亲漂洋过海去马来西亚创业。

阿大启程前的一天，父母特地到村里的妈祖庙敬香祈愿，并请了一尊妈祖神像让他随身供奉，以求平安顺利。

第二天阿大和乡亲一起乘一艘小船出发。在海上漂流的第五天，遇到了特大风浪。波涛汹涌间，小舟似乎要被掀翻。紧急中，阿大双手捧着妈祖神像面向大海呼唤："妈祖娘娘保佑……妈祖娘娘保佑！"

众乡亲立刻随阿大跪下。顷刻间，波涛平息，汹涌的海面风平浪静。又过了三天，阿大和乡亲们平安到达目的地。

两年后，兄弟们都纷纷跟随阿大到马来西亚创业去了。

多年后，柯家兄弟们从返乡的乡亲口中得知，老家父母年迈，母亲卧床，俩老朝夕思念着儿子们。柯家兄弟们很是着急，马上商量派人回老家侍奉父母。

兄弟们在商议中都抢着说：父母给了我们生命，现在是儿女要回报父母的时候了，理应担当起照顾俩老的责任。

在兄弟们的争执中，阿大起身说：我是老大，返回家乡照顾双亲的责任，理应由我担当。你们都安心在这里创业，如果有机会，我必定再来与兄弟们相聚。

第二天，阿大收拾行囊返乡。当然，阿大返乡时，第一件事就是朝拜妈祖。

三

返回家乡的阿大，精心侍奉父母。半年后，母亲逝世。

又过了两年，父亲也归仙了。阿大遵照传统习俗，在家守孝三年后，得知中国的陶瓷日用品受到东南亚民众的喜爱。考虑到自己的年龄不小了，阿大遂起愿出门走走看，谋划着也许能利用陶瓷日用品，连接与海外民众的商贸。

1321年春，阿大按习惯到村里的妈祖庙敬香后，奉请妈祖神像随身供奉。

阿大肩背简易的行囊，双手捧着妈祖神像步行探索，日出而行，日落找个客栈入宿。歇息前，阿大总是恭恭敬敬地将妈祖神像摆在床前的油灯下，恭敬地磕头跪拜后解衣休息。

阿大走啊走，行走了十几天都未能如愿。

又是探寻了一天。晚上，阿大做了一个梦。梦中，母亲拉着自己的手说："给

南胜妈祖宫内景 （林泽霖 摄）

妈祖上三炷香。按香火烟飘去的方向前行，就是你的落脚地。"

第二天早上醒来，阿大感到有点奇怪。自父母逝世后，第一次梦中与母亲相见，便起身走出门，恭恭敬敬地将妈祖神像奉到客栈门前，上三炷香后，认真观察烟火飘去的方向，继续前行。

中午时分，阿大来到南胜，发现这里盛产日用陶瓷。再细细地考察，南胜地处交通要冲，境内蕴藏丰富的优质高岭土，知县重视陶瓷业生产，而且水路运输经南胜溪可直达漳州月港。

于是，阿大决定在这里落脚。

四

阿大在南胜落脚后，将妈祖神像供奉在自己睡觉的地方每天朝拜。白天，他和南胜溪的船工们聊天交朋友。晚上，则与村民喝茶聊天，以让自己尽快融入当地的生活。

一天，阿大在聊天中得知"法华约村"（今法华村）里林公的长子在用小舢板运送陶瓷日用品的过程中，快到月港码头时翻船了，船上的财物全部沉入河底，所幸没有生命危险。但是，这趟船运的费用都是向财主借来的。家中原本就一贫如洗，这今后的日子怎么过啊？

阿大得知后，热情地上门安慰，鼓励林家抬起头重新再来，还拿出身上仅剩的一点资金资助林家。接着，阿大耐心地向林家介绍了自己家乡信奉的海上女神妈祖，介绍说妈祖是沿海民间信仰的海上平安女神，也是人们水上平安的符号。建议今后林家要出门时，不妨到他下榻的房间敬香朝拜，必定得到妈祖的庇佑。

几天后，林公长子又打算出门了。出门前，果真虔诚地来请教阿大并引导他向妈祖神像敬香、朝拜、祈愿。

这一次，林公长子不仅非常顺利地完成了这趟商品贸易，还挣回一笔可观的利润。

此后，林家长子每次出门，都必到阿大住处的妈祖神像前敬香祈愿，生意越做越大。慢慢地，林家就将出门敬妈祖的习俗传播给当地的船民，之后再由船民传播给从事农耕业的村民。

若干年后，南胜有人提议建妈祖庙，作为本地村民的一种民间信仰加以供奉。接着，便有热心人士动议并选择背靠邦寮山、正对天龙山、南边是石屏山、北边是鲤鱼山的南胜村中，按民间建寺庙的习俗建起了一座妈祖庙。当然，妈祖庙开光后，南胜村民融阿大传播的敬奉妈祖习俗，结合本地信奉的习俗，常年供奉妈祖以护佑村民的平安。

之后，经南胜一代又一代妈祖信众的共同努力，南胜建了一座气势恢宏、有上下殿和天井、占地有四五亩地的妈祖庙。主持此项事宜的长者为了体现南胜村民对妈祖神像的恭敬，特意开了一块长七八米、宽六七十厘米、厚四五十厘米的大条青石

重建妈祖宫碑记（林清和　摄）

板铺在妈祖庙大厅的天井边。

新的妈祖庙建成后，村里的信众在每年元宵节的正月十四，全村热闹地扛着妈祖神像在周边村巡游。同时，逢妈祖农历三月二十三日的诞生日和九月初九日的升天日及农历初一、十五，村民隆重聚会，并在妈祖庙同时搭建三座大戏台，请外村戏班演唱适合本村风土人情的民间戏，俗称"三棚斗"。

从此，南胜祭典妈祖的仪式慢慢地比较讲究，演变成程序肃穆，设有主祭和司仪、司香、读祝文等程序，还设有司钟、司鼓、司乐、司僚等执事。祭典在鸣炮、鸣钟、奏乐中开始，村民虔诚地上香、行三跪。

再后来，南胜的船运也从相对比较单一的运送陶瓷、日用品，发展到运送当地的糖、甘蔗、木料等其他农副业特产而慢慢地兴旺起来。

遗憾的是，在历史滚滚的洪流中，妈祖庙曾一度遭拆除，连那块巨大的青石板也被当作石料挖走。

然而，宽阔的妈祖庙虽然被拆除了，但是在南胜民间对妈祖的信仰，早已发展为一种较为有影响的传统文化信仰。

随着时代的发展，今天的南胜，有热心村民在甘门街南胜溪旧码头边，重建了一座妈祖庙。每逢农历初一、十五和逢年过节，仍然香火不断。南胜村民重塑了对妈祖传统文化的信仰。

平和烟火的蓝

◎ 小 山

国内外学者参观平和博物馆"平和窑展厅"
（资料图，平和县文体旅局 供图）

七年前我去平和县，是因为要看柚子花。

在果园里终于见到了柚子树枝头上乳白色一簇一簇的小花，我竟然有些激动，有相见恨晚的感觉。那一年，我也看到了林语堂大师的童年故居，和他走出家乡的水路花山溪，真是感触颇深。他家门上的对联句子，我品咂再三："信为田可耕可耘"，作为平民之家，甚至是贫寒出身，林氏父子留给平和县的丰厚遗产很是耐人寻味。就像柚子花一样，很小、很小的花儿，结出的果子大得惊人。蜜柚之乡平和县，一个有福气的地方。

一个夏末初秋时节，平和县南胜镇邀请我去采风，我挑选了题目，承担这次写作任务。于是，阅读相关资料，从当地文友那里了解南胜镇历史概况，观看南胜镇的风土照片和小视频，同时通过网络，我寻到了不少可见的器物图片以及文字记载，让我感兴趣的平和窑文化，一点点浮现在眼前……

在此之前，我对"克拉克"这个洋名字的瓷器所知甚少。难以想象，地处偏远的山区平和县，其物产怎么会有西洋味道的称呼。但是，推开历史之门，走进往日的平和，热闹的景象犹如古画《清明上河图》里的情形。那山水间浓重的烟火气息，和花山溪上密集的往来小船，装货的，挑担的，烧窑的，拉胚的，绘制的，不亦乐乎！外销瓷的畅通无阻，把平和村镇的独特魅力展现了出来，由窑炉和瓷器推动的经济繁荣，让平和县在明末清初的朝代，的的确确如同焰火闪亮起来。

　　好一个饶有趣味，平和的县名，竟然出自中国大思想家王阳明之手！但那个时刻的阳明先生，还是一个军事帅才，他统领兵将从江西入闽地，平定寇乱后，取"寇平而人和"而设置县治，从此，闽南山地有了这个特别美好的县名——平和。人生以心学大成著称于世的王阳明，当年就给平和县带进了福祉。后来，他离开了平和，却把江西的不少兵士与随行人员留在了平和。是这些江西人在平和点燃了窑火，又逐渐教会了本地人烧窑做瓷器，从而改变了平和的经济生态。平和山地村落里的窑烟袅袅升起来了，不是一处，是诸多村落的山坡和沟壑之间，人们变得忙碌了，过往从未有的技艺在平和人中间传播开来。因此，由于原材料枯竭，并且战乱不断，所导致的景德镇瓷器业减产、停产，老瓷都景德镇萧条了，被新兴的平和窑替代。更由于漳州月港那时成为东南沿海重要的外贸港口，带动了整个漳州地区经济发展，平和瓷器与茶叶、竹器、丝织品、纸张、蔗糖等物品一起成为外销货，被遥远地方的人们关注。装满瓷器的小船，从花山溪顺流而下，

南胜窑瓷器资料图　　　　　　　　　　　（资料图，平和县文体旅局　供图）

1999 年 11 月中国古陶瓷研究会平和现场会，国内外学者参观陂沟窑　（资料图，平和县文体旅局　供图）

进入九龙江，抵达月港。还有一条宽阔的水路，是韩江。瓷器被送上了外国大船，荷兰、日本、葡萄牙、西班牙等国家的贸易船从月港出发，每艘大船的船舱里动辄几千件、上万件平和瓷器，纷纷到达世界十多个国家。一时间，平和的种种品类瓷器热销，民间烧窑造瓷的热情高涨。无论如何，头脑发达的王阳明，也想不到有此结果吧。

　　百里窑烟缭绕在山地上，所产瓷器各有不同，大小、用途、色彩分门别类，如今可见的仿制品也能看出平和瓷器的丰富样式。我是瓷器外行，谈不上懂得好坏，尽管家里也有二十几个瓷物，实在话，我仅凭着兴致看哪个器型好一些、美一些，就买下收藏，并不在意产地之类差异。近些年，我越发喜欢瓷器了，会不止一次特意到景德镇选购，途经浙江也看看古窑，更不用说本省的德化和建阳两地，自然要前去观瞻并买上一两样，我尝到了品味瓷器的乐趣。然而，行家甄别材料和质量，不是我等粗浅眼光。古人较真更是厉害，同样的平和瓷器，就有人说南胜镇的最好，居然记载在《平和县志》中，"瓷器精者出南胜官寮……"说明那时

"田坑窑"（交趾香盒）发掘现场　　　　　　　　（资料图，平和县文体旅局 供图）

的南胜区域出产，尤其被珍惜。现在人们去南胜，见得到花仔楼窑、田坑窑两个有名气的窑址，却没办法亲眼辨识一下南胜瓷器的美妙，几乎没有完整文物的古窑中，只给我们一个烧窑的迹象了，不像德化县尚有熊熊窑火，依然在继承远古的技艺并发扬光大，使得德化县今天还能称为瓷都圣地。仅仅有烧窑遗迹的南胜镇，何时能再窑烟升起，制作出精美的瓷器，对我们来说，是个盼望！我们期冀见证《漳州府志》里所记的，"瓷器出南胜者，殊胜它邑……"我很相信，如果有这一天，必将又给南胜镇或者平和县带来新的纪元。经济腾飞，有时只把一件事做正确，便能实现神话。今人如此在意财富聚拢，何不让已有的文化遗产"财富"，再一次升值为一方瑰宝呢？我觉得自己并非在胡说，不久前见到一个雕塑家朋友，他说自己在烧窑了，烧制一些个人设计的茶器。我以为不可能，但是，这位艺术家让我们眼见为实，不得不佩服他的跨越式创造力，可以带给他经济实惠。我在德化县也见过此类的艺术家苦心经营。平和县和南胜镇，此时有这样的艺术家存在吗？也许是我扯远了！

回到古代平和窑的蓝色烟火中，洋洋大观的瓷器蔚为壮观。我在平和县博物馆馆长杨征先生著述的《平和窑》中读到"平和窑产品种类丰富，有青花瓷、青瓷、素三彩、五彩瓷、色釉瓷（白瓷、酱釉瓷、黄釉瓷、蓝釉瓷）"这样的叙述，而且，他强调"青花瓷是平和窑主要产品，约占全部品种的百分之九十五"。青花瓷，也是国内外很多人都熟悉的瓷器，又称白地青花瓷、青花，源于中国，遍行世界，产于唐代，兴盛于元代景德镇。平和窑的青花瓷已经独具特色了，从现有能看到的文物照片和仿制品，我们可见平和青花瓷器的构图和颜色，都非常有个性。布满蓝色花纹的大盘和碗、碟、壶罐，大部分开光，密不透风的蓝色让我浮想联翩……我甚是喜爱那些图案吉祥的开光大盘，可能是外销瓷的缘故吧，绘制得很符合外国人的审美，挂在墙上或者在桌前倚墙而立，不失为一个个美术作品，哪里舍得用于饭菜食器呢？可漳州的朋友说给我，平和窑所产瓷器很多是粗制品，老百姓也用得起。或许如今也能见到寻常人家里有克拉克瓷大碗小碟，也是指不定的事情？这不是在使用文物吗？我难以置信。但瓷器耐用，只要没打碎，属实可以用几辈子也是正常事了。我没见过平和的瓷器，只当传说吧。然而，论到青花的大美，倒是会赢得许多许多人的共鸣。直到当代，不仅青花瓷作为纽带连接了中国和世界，成为符号化的"中国特色"。对青花的偏爱，即便时尚女孩的裙子、一些画家的画作和工艺品、装饰物，也会采用青花的色彩，来凸显祖国传统艺术之曼妙，在人群和物品中依然夺人眼球。青花的蓝色，是一种丰盈的蓝，或者含紫了，或者含红了，或者模仿了蓝天，或者学习了大海，总之，不是那么单调的蓝。我觉得这不是一种纯色的蓝，纯色的蓝极少好看，有些刻板。青花的蓝，让我想到了炊烟和草木灰，这种烟火气使人亲切。平和窑的青花瓷纹样，更蓝了许多，不管是动植物画，还是人物和文字的艺术化表现，都青蓝得厚重，青蓝得有深度，似乎毛笔绘制图案的时候，融入了平和人安静深沉的感情。个人经验，我认识的漳州人，好像有共性，他们性格低调、内敛，不张扬自己的优点，都务实简朴。而平和的文友们，往往心胸豁达，和气里蕴含才气——这又让我联想到林语堂了，一个走出了平和，有世界眼光，却又身心保有故乡气质的大作家。

　　平和的青花瓷在过往的岁月远销海外，得到这瓷器的外国人也视其为宝物吧。

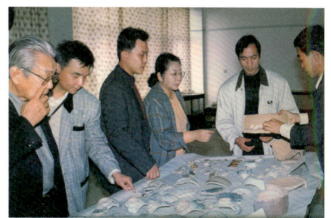

研究中国古陶瓷的日本专家
林屋晴三、赤沼多佳、高柳薰在
平和县博物馆参观考察
（资料图，平和县文体旅局 供图）

英国学者参观平和县博物馆
"平和窑展厅"
（资料图，平和县文体旅局 供图）

欧美学者参观平和县博物馆
"平和窑展厅"
（资料图，平和县文体旅局 供图）

在《平和窑》里，杨征先生写到了平和瓷器在东南亚、欧洲、美洲、非洲都有馆藏品。我注意到了日本人对平和瓷器尤为情有独钟，以至于有瓷器专家见到平和古窑能落泪的程度。日本瓷器制造，应该是受到平和窑所产瓷器的影响，也显而易见，像是有了某种亲缘关系。但说林林总总的青花瓷纹样，大体继承了景德镇的模样，这就稍显底气不足了。事实上，平和窑的青花纹样还是和景德镇瓷器上的画法有区别的，我仔细看了书里每一幅瓷器照片和图片。我突发奇想，搜寻柚子花或柚子树的身影，却全无可见，这是我的遗憾！

我还感到遗憾的是，现在平和瓷器被简单地命名为"克拉克瓷"，只是来自一艘外国沉船的名字。这样洋化的名字对我们来说，有点儿不尊重了。作为产地平和，应该给自己土地上的出产重新给个自豪的名字。在书写中，最好避免使用沉入海底不见天日四百年的这一不幸"悲剧"之名，而心怀自信地把"平和瓷器"写入今天的教科书中，让孩子们记住平和特有的荣耀。

"信为田可耕可耘"，相信，就能行动。不必通过四百年时光隧道，看过去的平和"克拉克瓷"。也许，在不久的未来，我们会如愿见到平和山地又点燃了窑火的烟气，那缥缈的蓝色，与柚子花的白色，将一起构成开光大盘上的"福"字。

全国重点文物保护单位

南胜窑址

（南胜田坑窑，花仔楼窑，五寨洞口破沟窑，大垅窑，二垅窑，田中央窑）

中华人民共和国国务院　二〇〇六年五月二十五日公布
二〇一一年十一月十八日　立

搜寻 南胜窑

◎ 黄荣才

南胜窑址（黄水成 摄）

　　我曾经在平和窑捡到一块瓷片，小小的，它斜插在泥土之中，一角露出泥土，如果不经意，绝对会被忽略，但因为寻找，它进入我的视线之内。把这块瓷片从泥土之中抽出来，放置在巴掌中，有种泥土的温暖和青花的温润在掌中散逸。在旁边小河里冲洗之后，这块瓷片显露真容，淡雅的青花，有种纯朴之美，乖巧柔顺。这是平和瓷历史的一个小小的碎片，类似于烧制平和瓷的高岭土中的一个土块，甚至就是一粒沙土，宛如它出土前那小小的一个角。但因为有这个角，明末清初的平和瓷就得以从历史深处走出来，好像镜头里淡出的技巧，让我们可以搜寻到历史的那一段。青花瓷、彩绘瓷和素三彩瓷，这当年平和窑瓷器的三大种类就一直回旋在脑海。

　　一片碎瓷片，是平和窑的触发点。说到平和瓷，一定要说到平和窑，数以百计的窑口分布在平和的土地上，这不仅仅是数字的概念，也不仅仅是阶梯式夯筑的风景。松脂量足而噼啪作响的青松枝在炉膛里挥霍自己，火力正旺的平和窑升腾起的窑烟从历史的深处腾空而起，在平和的上空飘荡弥漫。窑烟、瓷器、忙碌的窑工、挥洒的汗水、变幻的画面钩沉起平和窑当年的繁荣身影，给人留下许多遐想的空间。在遥想当年的窑烟，我们没有办法不把目光定格在王阳明，这位明朝的都察院佥都御史王阳明，当年的他奉旨平乱。平定农民起义后，他行走在崇山峻岭之中，回望的目光有了若隐若现的忧虑。明正德十三年（1518）三月，朝廷批复同意平和县置县，"寇平而民和"王阳明为了"久安长治"，在军队中挑选了一些兵丁留在平和，没有跟随他远上平叛的征途，这些充役于县治衙门等的德兴籍兵众，还有首任县令罗干是江西人，以及自明正德十三年

南胜金吊岭窑炉遗址（资料图，平和县文体旅局 供图）

（1518）到明崇祯六年（1633），相当大部分的平和县令是江西人。这些，让江西景德镇烧瓷工艺传入平和水到渠成，如今平和旧县城的九峰镇，依然留存的"江西墓"正照映历史的那一段。

平和瓷的兴起，王阳明是一个触发点，但不是全部。平和窑的辉煌不能不牵扯到景德镇。明万历年间（1573—1620）出现的原料危机，让景德镇的官窑曾两度停烧，民窑也因横征暴敛，一再受阻乃至被扼杀，矛盾的冲突、窑工的抗争，还有朝代更迭的动荡，景德镇的窑烟几近停歇。而当时外销市场需求强劲，仅仅在1621—1632年之间，荷兰东印度公司就曾经在漳州收购瓷器，数量动辄上万。这给了平和窑千载难逢的机会。历史总是这样，危机也可以是生机，一些人的绝望却是另外一些人的希望，平和窑的窑烟升腾得更有生机和活力。

天时有了，和技术密切相关的人才有了，还有地利。平和窑的代表性窑址南胜窑址，主要位于平和县南胜镇、五寨乡，包括花仔楼窑、田坑窑、大垅窑、二垅窑、洞口陂沟窑、新美村后巷田中央窑等，之所以称为南胜窑而不见五寨，是因为之前五寨属于南胜，五寨在历史的那一段暂时后退一步，而如今，这些窑址大多藏在地下，仅有洞口陂沟窑、田坑窑等为数不多的得以和民众见面。数以百

南胜金吊岭窑炉通火孔 （资料图，平和县文体旅局 供图）

计的窑址分布在九龙江支流花山溪及其小支流的两岸山坡地带，依山傍水在这里不仅仅是一个形容词，更重要的是，这里满足了窑址存在的两个关键因素：泥土和水。并且，这土并非随便的泥土，而是高岭土。水，则是和平和的水运发达有关。漳州六条主要的河流，漳江、韩江、东溪、鹿溪、南溪等五条河流源头在平和，唯一没有被认定发源在平和的是西溪，源头的认定和径流量、流程等有关，虽然西溪的源头没有被认定在平和，但平和县依然是西溪重要的干流，甚至在六条河流中，西溪的名声最为响亮，是平和当年最重要的对外航道。平和可谓是交通便捷，也就不难理解，众多的窑口主要布点南胜、五寨。去看过田坑码头，如今已经是杂草掩映的小山涧却曾经是船只往来停靠的地方，田坑窑的瓷器就从这里上船出发。

在交通基本靠水运的年代。从南胜出发的船只可以沿花山溪顺流而下直达月港，我们可以想象五篷船在后来林语堂充满深情描写的西溪航道繁忙穿梭。回望明朝，月港取代了泉州港，成为"闽南一大都会"，在朝廷对海上贸易严格控制的背景下，原来偏安一隅的月港被朝廷的目光忽略，超越福州港，甚至广东港，造就了"市镇繁华甲一方，古称月港小苏杭"。另外一条路，从五寨出发，手提肩挑，到达漳浦，经过漳浦旧镇，船只很轻松抵达汕头。无论是月港，还是旧镇、汕头，船帆竞发，平和瓷就从平和出发，抵达日本、新加坡、马来西亚、越南、印度尼西亚、菲律宾、荷兰、葡萄牙、埃及、土耳其、美国、南非等国家和地区，如今在世界各地数十个国家和地区出土的平和瓷产品，见证了平和瓷昔日的辉煌。看到境外平和瓷的消息，我宛如看到熟悉亲邻的身影。

平和瓷也在历史文献的字里行间闪烁着它的娇容。在清朝重修的，刊于明朝嘉靖二十四年（1545）的《平和县志》有一句话："瓷器精者出南胜官寮，粗者赤草埔山隔"，南胜官寮就是南胜窑址，赤草埔距离当时的平和县城九峰镇数公里。明朝万历元年（1573）《漳州府志》卷二十七的记载："瓷器出南胜者，殊胜它邑，不胜工巧，然犹可玩也。"则是对它的另外一种肯定。

　　如果没有清政府的"海禁"，也许月港依然繁华，也许平和窑的窑烟依然是今天的风景。但"海禁"实行了，朝廷的稳固肯定是清朝统治者的首选，何况当年他们的目光也许根本就没有在平和的窑烟停留过。一条政策足以改变许多，月港衰落了，平和窑的窑烟也熄灭了，就像一首歌曲，突然戛然而止，成为逐渐消失的背影，在历史的巷道中渐行渐远。据平和县的文物专家杨征在《平和窑》一书中写到，平和窑烧制的鼎盛时期为明代万历至清代顺治之间。杨征的另外一本书《从花山溪到阿姆斯特丹》写出平和瓷遥远的航程，平和美术家黄堂生的美术作品《十里窑烟》则是另外一种传递。

木酉崎彰一会长在大垅窑考察　　（资料图，平和县文体旅局　供图）

日本国关西近世考古学研究会会长木酉崎彰在大垅窑考察　　（资料图，平和县文体旅局　供图）

木酉崎彰一会长在华仔楼碗窑山发掘现场考察　　（资料图，平和县文体旅局　供图）

曾经相当长的岁月，平和瓷在已经湮没在荒草之中的平和窑寂寞地躺着，和岂止是千里之外的阿姆斯特丹可以说是风马牛不相及。而在外声名鹊起的青花瓷因为无法对接来自平和的家乡生命密码不得不流落他乡，以"克拉克瓷""汕头器""吴须手""吴须赤绘""交趾香合"等名字漂泊江湖。宛如流落他乡的流浪艺人，在不同的区域总是留下不同的容颜。耳边突然回响起"你可知MACAU不是我真姓"的歌声，歌声之后的辛酸和无奈随附在平和瓷回荡在不同的角落。1603年的阿姆斯特丹的拍卖让平和瓷一鸣惊人，直到20世纪那场"晚到了400年的中国瓷器来了"的大型拍卖会，阿姆斯特丹成为平和瓷的福地，平和瓷在这里以它温润骄人的青花身影晃亮了西方人的眼睛，让寻找平和瓷的身影日益活跃。

　　流浪注定是要回家的，平和瓷的回家之路尽管艰辛漫长，但没有中断过。学术界的努力，考古工作者的劳动，平和人对沉睡山野之间窑址的发现，平和瓷生命密码的对接尽管错乱或者艰辛，但20世纪90年代，流浪江湖400年的平和瓷终于找到了自己的出生地——福建平和。也许对大多数人来说这仅仅是考古的一个发现，没有太多实质性的触动，只有考古界专业人士，才理解1999年那"建国50周年福建考古十大发现"对于平和窑来说是怎样的弥足珍贵。只有同业中人，才理解日本东洋陶瓷学会常任委员长，关西近世考古学研究会会长，素有"日本陶瓷之父"之称的栖崎彰一闻讯率领学术团体前来实地考察时，多名学者长跪在平和窑的窑口痛哭流涕。

　　"克拉克"贸易商船复活了一种传说，在平和窑青花瓷靓丽的身影回旋在不同场合的时候，2012年，沉船"南澳一号"让这种传说更为厚重、充实，从"南澳一号"打捞出水的上万件瓷器是何等的冲击力，平和窑、平和瓷屡屡在专家学者、播音员的口中出现，冲击我们的耳膜。无论是电视画面，或者在平和观看实物，平和瓷那温润的质感，典雅的色调不仅仅是古、雅、趣的感觉，更是心灵平静，心境平和的催化剂，总能在面对的时候意境悠远。而曾经的平和窑窑烟，只能是故事传说一般，回旋在记忆里。

被曲解的**南胜青花瓷**

◎ 李晟旻

平和南胜克拉克瓷体验馆（林泽霖 摄）

布满裂纹的青花瓷片零散排列，边缘或崎岖或接近圆润，也有的干脆大咧咧豁个口，瓷片上有的书写"福"字，有的描画鸟兽虫鱼，用模糊泛黄和破碎残缺，将自己文物的身份昭告天下。在漳州平和南胜，类似的青花瓷残片随处可见，它们散落在南胜的山间地头，诉说着"漳州窑"在中国乃至世界陶瓷史上的耀眼故事。

20 世纪 60 年代，南胜窑址在平和县南胜镇被发现，不仅扩大了漳州窑的分布范围，也为研究明清时期中国陶瓷对外贸易提供了重要线索。窑址虽是初次面世，但那时的人们不会想到，烧制于窑内的瓷器却早在 300 多年前就风靡欧洲，带着窑口的余温，带着富含东方神韵的釉面和艺术风格，也带着不为人知的神秘起源，跟随一艘名为"克拉克号"的船只漂洋过海，驶向大洋彼岸。

时间推回到 1602 年，荷兰东印度公司在海上发现了一艘葡萄牙商船，欧洲人第一次与这种来自中国的青花瓷打了个照面，因不明产地，"克拉克瓷"便成为这些瓷器在世界面前的第一个名字。在后世的考古挖掘中，不断有载有克拉克瓷的沉船被发现，根据其工艺、风格和纹饰等特点，考古界曾推测，克拉克瓷产自明清时期的景德镇，直到平和南胜、五寨明清古窑址的发现，克拉克瓷的神秘面纱才被揭开，困扰了世人们几百年的谜题，谜底赫然显现。

把瓷土变为器物是中国人的智慧，作为华夏文明的瑰宝，它对世界文明的贡献甚至让外国人用"陶瓷"代称中国。作为支撑海上丝绸之路的主要大宗商品，瓷器为西方国家所青睐，中国瓷器在国外价比黄金，成为珍藏和身份的象征。

中国的陶瓷史起源于景德镇，自五代开始生产瓷器的景德镇，也成为欧洲进口瓷器的主要来源地。明朝年间，西欧资本主义发展处于原始资本积累阶段，对中国瓷器的需求日益增加，明万历年间，景德镇制瓷业出现原料危机，加之朝代更迭之动乱，景德镇外销瓷的生产停滞不前，显然无法满足欧洲国家对瓷器的需求。荷兰东印度公司的经营者们开始寻求景德镇陶瓷的替代品，他们将目光投向福建的闽南地区，这里不仅有丰富的瓷土和釉料，而且港口众多，成为东印度公司的不二之选。这种背景之下，平和南胜等地的民窑开始登场，成为外销瓷史上一个绕不过的名字。

几乎是一夜之间，漳州一跃而成外销瓷器的生产基地，在之后的十余年间，荷兰东印度公司曾三次在漳州收购瓷器，数量动辄上万，同时，日本人也从漳州购买瓷器，尤以平和的南胜窑和五寨窑数量居多。跟随着一艘艘商船，南胜窑烧制的瓷器就这样散播于世界各地，被冠以"克拉克瓷"这样洋气的名字，从闽南小镇进入欧洲宫廷和贵族之家。

南胜田坑窑址简介 　　　　　　　　　　　　（黄水成 摄）

南胜窑的烧制工艺可以代表漳州窑外销瓷器的最高水平，而作为组成南胜窑的 6 个小窑址之一，田坑窑又是其中最具有代表性的。田坑窑位于南胜镇法华村田坑自然村俗称"内窑"的小山坡上，1996 年，福建省博物馆和平和县博物馆对田坑窑遗址进行了专题调查，"素三彩"瓷器首次在福建被提及。以往人们认为，只有景德镇低温烧造的以黄、绿、紫三色釉为主的瓷器被称为"素三彩"，直到它在田坑窑中被发掘，我国彩瓷窑址的分布范围被进一步扩大，也让世界各国素三彩藏品的源头有了更加明晰的追溯。

南胜田坑窑磨坊遗迹（资料图，平和县文体旅局　供图）

与"克拉克瓷"同样具有神秘色彩的，是长期在学术界流传的"汕头器""交趾瓷""吴须手"等名称，长久以来，这些瓷器的产地也一直是学术界争论的焦点。载有"克拉克瓷"的沉船也并非只有一艘"克拉克号"，沉没于1600 年的菲律宾"圣迭戈号"、

南胜田坑窑磨坊落水道遗迹（资料图，平和县文体旅局　供图）

1613 年葬身于非洲西部圣赫勒拿岛海域的"白狮号"、埃及的福斯塔遗址，以及日本的关西地区均相继发现大量的"克拉克瓷"。直到 2012 年的广东汕头南澳县海域，明代古沉船"南澳 1 号"带着大量青花瓷浮出海平面，作为中国发现的第

一艘满载"汕头器"的船，成迷多年的"汕头器"归属地也随之浮出水面。经专家鉴定，沉船中的"汕头器"正是产自漳州的"克拉克瓷"。

欧洲人以为这种以素色调和黄、绿、紫的釉上彩瓷器来自汕头，而日本人以为其来自交趾，因此称其为"交趾瓷"。无论是"汕头器"还是"交趾瓷"，抑或是被冠以船号之名的"克拉克瓷"，错误的叫法也许延续了千百年，也许一开始它只是被作为替代品出现，也许它的烧制工艺不及真正的景德镇陶瓷精湛细腻，但这些随沉船散布海底的青花瓷，弥补了中国外销瓷史上的空缺，它们就像是一个美丽的错误，以其神秘的身世，为世人布下谜题，解开谜题的过程，也是了然历史的过程，更将平和南胜这样一个名不见经传的小山区推向世人面前。

器物和文化的沟通延伸离不开河流，自古贸易发达地区，往往是河流众多水系发达之地，南胜田坑窑虽然一开始是作为景德镇的替代品，但其能被选中，除了闽南地区丰富的瓷土资源之外，漳州众多的码头和港口，也成为其得天独厚的优势之一。

作为福建省第二大河流，九龙江由西溪、南溪和北溪三个源头汇合，注入下游的漳州平原，下游江宽水阔，是通航的绝佳环境。西溪的支流花山溪流经窑口密布的南胜，岸边堆积如山的克拉克瓷等待着装船运输，载满瓷器的船只顺着花山溪驶入九龙江，沿江顺流而下，直达九龙江的入海口，"海舶鳞集、商贾咸聚"的外贸通商港口：月港。

如今说起"海上丝绸之路"，前有宋元时期的泉州港，后有清朝的厦门港，同为福建闽南地区，漳州月港的通洋贸易史无论从规模还是时间跨度上看，都不算太出众，但作为明朝中后期官方唯一指定的民间海上贸易始发港，月港的兴盛虽然短暂，却也爆发力十足，呈现出了"农贾杂半，走洋如适市，朝夕皆海供，酬酢皆夷产"的强大贸易格局。丝绸、茶叶、果品、铁铜器、纺织品，以及来自南胜窑的克拉克瓷云集于此，鳞次栉比的双桅船停靠在码头，等待着被货物装满，满载着精美的手工艺品，满载着东方神韵，驶向全世界。

月港兴起于明景泰年间，衰落于明天启年间，成败兴衰似乎过于仓促了点，但却开创了"海上丝绸之路"的黄金时代，世界大航海时代的"马尼拉大帆船贸易"，作为连接美洲、欧洲和东方世界的重要港口，月港书写了中国古代海洋贸易史上浓墨重彩的一笔。

也得益于月港的沟通作用，克拉克瓷从小镇山村出走，从古码头到大港口，从支流小溪到大江大海，送入贵族宫殿的，遗落在大海深处的，被叫错名字的，被误会源头的，无论曾经是被珍藏还是被掩盖，经过时间的流转，终将都会被揭开谜团一般的真相，重见天日，重现历史。

由于后期改善造田，如今的南胜田坑窑仅剩一小段遗址，不复相见当年十里窑烟和舟橹相迎的喧闹盛况，但田埂断面上随处可见的匣钵、窑砖、残破瓷片等，似乎正试图唤醒世人对它的回忆和追溯，后人也的确正尝试着唤醒这些遗留之物，一座克拉克瓷体验馆就在遗址旁静静矗立，那些从泥土里被挖掘出来的残片被送到这里，通过匠人之手，赋予其现代的作用和意义，哪怕这些残片多是当年烧制失败被窑工随手一扔的废品，但有时，器物的珍贵之处不在于其是否完整或精美，仅仅是年岁的辗转，就能让它们散发出时光的沉淀和历史的光芒。当现在的我们手捧修复过的茶碗杯碟，指尖轻触摩挲，如同抚摸一段历史，茶汤荡过杯底，那书写于历史深处的"福"字，描画于遥远时代的釉面，如同向后世的我们倾诉曾

平和南胜克拉克瓷体验馆　　　　　　　　　　　　　　　　　　（林泽霖 摄）

经属于它们的耀眼辉煌。

历史光靠挖掘是不够的，还需要发展和传承。体验馆里，等待上釉的陶瓷坯体堆满货架，土白色的朴素，也有一种未完成的美，制作完成的瓷器摆上展示架，杯、碗、碟、壶，有的用遗址散落的瓷片修复改造而成，有的是匠工师傅的创新之作，无论何种形态，无论工艺参差，都尽力展示着瓷的独特审美，它坚固却也易碎，可硬朗也可柔美，经历烦琐而漫长的制作过程，只有当被从窑中取出的那一刻，才能确定一件瓷器的成败，完美的自然完美，但细微的瑕疵也不失为一种残缺之美，就像被窑火和时间赋予了一个特殊的印记。谁又能想到，也许千百年后的某一天，它们也会被后世视为历史和时光的珍宝呢？

除了有专业的匠人烧制瓷器，体验馆还设有手工制作体验台，供游客体验瓷器的制作过程。研磨、过滤、配料、湿土、练泥、拉坯、利坯、晒坯、刻花、施釉……我们看到的不仅仅是摆上展台的成品，更了然它如何从一抔泥土变为器物，这蜕变凝结了古人的智慧，延续了漫长的年月，直至今天，我们仍在沿用这种古老的智慧和工艺，创作出属于今天的审美艺术。在曾经的窑址上烧制瓷器，古今碰撞，时空交融，这又何尝不是对历史的一种追溯和缅怀呢。

克拉克瓷，一个美丽却被误解的名字，无论它跨越多少大江大洋，被多少王公贵族奉为珍品和明珠，制造过多少个未解之谜，我们都不应该忘记，它来自平和南胜，一个叫田坑窑的地方。

平和南胜：海上丝绸的重要源头

◎ 梦秋痕

五寨大垅窑发掘工地（资料图，平和县文体旅局 供图）

平和南胜人们最容易联想到是麻枣、枕头饼、咸水鸭，很少有人把它和海上丝绸之路联想起来，更不会想到在闽南这样的小镇竟是当年海上丝绸之路的一个重要源头，400 多年的克拉克瓷就是从这里出发走向世界，为中西方文明史写下光辉灿烂的一笔。

南胜是平和县东南部一座历史悠久的文化重镇，1321 年至元正年间曾在这设南胜县，把平和置县的历史往前推进了近 200 年。从那时起，这片生机盎然的土地就开始书写自己的传奇。

从 20 世纪 50 年代开始，平和南胜、五寨各地山头上，果农上山开荒种果经常有一些青花瓷片被挖出来，越来越多有关瓷的故事不胫而走。当时，为了寻找一种被称为"漳州器"的米黄色釉小开片的瓷器及其窑址，故宫博物院曾派出一个专家组深入平和进行考察。考察中，专家们意外地发现了包括南胜和五寨的几个古代窑址，里面还出土了一些与克拉克瓷形制相仿的瓷器残片。20 世纪 80 年代初，越来越多的村民开山种果，又有几处古窑址相继问世。1992 年 2 月，一支由中日两国专家组成的考古队迅速成立，他们决定即刻开始对平和窑遗址进行历

五寨洞口窑发掘工地　　　　五寨二垅窑发掘工地

（资料图，平和县文体旅局　供图）

史性勘察。此次考古的重点放在了南胜和五寨两个地区。从 1994 年 11 月到 1998 年 6 月，他们先后在平和县境内陆续展开了三次大型的考古发掘，南胜华仔楼窑址、田坑窑址、五寨乡的洞口窑址等 100 多个窑址还是被陆续发掘出来，曾经震惊西方世界的克拉克瓷终于显露出它神秘背后的光彩。山野迷雾中的十里长窑露出了头角，克拉克瓷在经历了近 400 年的漂泊后最终找到了自己的家乡。

　　平和窑遗址群的发现，解开了困扰学术界多年的克拉克瓷的产地之谜，被国际陶瓷学界视为是世纪之交的一个重大考古发现，使原本就享誉世界的克拉克瓷更加地声名远播。

　　站在高处俯瞰南胜镇，四周丘陵山地把它围成一个椭圆形的盆地，这延绵起伏的山丘上，没人知道还有多少古窑群被深埋在地下，可以想象，如今这漫山遍野的蜜柚园中，是一座又一座生产青花瓷的窑厂，南胜一带人家几乎家家户户制瓷，日夜不停运转的水车咕噜声，窑工揉搓瓷土的拍打声，此起彼伏，今人很难想象当年十里窑烟的盛况。在闽南这样一座座小山丘上，竟成了当年世界贸易的大工厂，一件件精美的青花瓷，从这里走向欧洲、走向世界，成为西方王公贵族竞相追逐的珍藏品。换而言之，这里就是当年外销瓷的重要生产基地，是海上丝绸的一处重要源头。

平和"南

海号"的馆

头

2012.6.20

中国水下考古队长崔勇（左三）在察看二垅窑遗址时欣然写下："平和南澳1号的源头"

（资料图，平和县文体旅局 供图）

文献记载，1621 至 1632 年间，荷兰东印度公司曾三次在中国收购瓷器，数量动辄上万。此后的 80 年间，仅荷兰东印度公司一家从中国运走的瓷器就达 1600 万件，其中有数目可观的平和窑产品。

海上丝绸之路使人最容易联想到海运，可以想见，数百年前，这些数以万计的青花瓷必须有航运，靠肩挑重担难以走到港口。当年这些克拉克瓷是从哪里被输送出去的？

位于南胜法华村的田坑窑，一座国内罕见的明代烧造素三彩民间专业窑址，如今成为一处"海丝"遗迹。当年那次考古发掘，解开了日本人有关素三彩的多年猜想。站在现场发现，窑址旁边有条小溪，由此联想到另外几处窑址，无一不是选择在离溪边不远处，除了生产的不可或缺外，更重要的还是运输上的考量。或许当年这些刚出窑的素三彩就是通过小竹排或小舢板一样的小船运出去的。每一条溪流都连着大海，这些山间小溪就像是海的神经末梢。

妈祖是航海人的保护神，妈祖庙在内陆很是少见。花山溪的重要支流南胜镇溪边就有一座妈祖庙。该庙始建于 1321 年，正是南胜设县时所建，佐证了当年这里航运的历史。据当地老渔民回忆，当年这座妈祖庙远不是今天这间小庙，当年南胜的妈祖庙气势恢宏，庙前大戏场能同时容下三台戏班同时唱戏。妈祖庙前曾有码头，年近八旬的李跳发老人回忆，他年轻时，这码头一带商贾云集，浅浅的南胜溪上船来船往。以前，船是南胜一带最主要的运输工具，老人们回忆说，他们世世代代在这条水路上谋生，被当地人称为船民，一年中，把货物运往小溪经九龙江到漳州月港，或直接下漳州，再把漳州、小溪各地的货物运回来。中华人民共和国成立前后，南胜还有 30 多条的运输船。在老人的回忆中，以前，由于南胜溪流浅，每隔一段距离就围有一道河坝，为抬高水位得以通过乌篷船这样的小型商船。

平和克拉克瓷在景德镇外销瓷冷清时应运而生。当年江西人最先选择在九峰广开窑炉，大量造瓷，这些瓷器经九峰溪转韩江进入汕头港，这些瓷器也成了今天的克拉克瓷的一部分。可以说九峰的制瓷历史比南胜要早上半个世纪，然后，进入 17 世纪后，平和烧瓷的重心已转移到了南胜，九峰窑几乎是一夜之间就熄灭了。是什么原因使之转场？看似敦厚的青花瓷，其实是敏感的，它对泥土的挑剔超出一般人的认识。目前所知，南胜一带制瓷高岭土远胜九峰，在当年，可能导致九峰窑口衰落的一个原因正是缺了这最不可缺的合格高岭土，导致烧不出精品青花瓷；另一个重要原因还是运输问题，当年的月港已取代泉州港的贸易中心地位，从南胜到月港远比九峰到汕头港要近很多。巨量的贸易让人选择水路运输发达的南胜，这是历史的必然。可以推断，当年南胜窑口的青花瓷，就从今天的妈祖庙前古码头出发，踏上海上丝绸之路的遥远旅程，成为沟通中西方文明的重要载体。

当年散落在南胜各地山头的碎瓷片，依旧闪烁着历史的悠光。当年的南胜码头如今已消失在历史的余波中，只有欢腾东流的溪水似乎还在诉说着当年的故事。遥想当年十里窑烟的盛况，南胜古码头一带一定是人声鼎沸，溪上舟橹相迎，溪边堆满了成筐的带着窑口余温的大量青花瓷，岸边挤满了商人、工人和摩肩接踵的人群，喧嚣的讨价还价声，每一个清晨，每一个日落，都乐此不疲。直到有一天，传来大清帝国的禁海声令，关上对外贸易的大门，十里窑烟一夜散尽，已出炉未出炉的都像一堆废品，永远尘封在泥土之下，成历史深处的谜团。400 年后，阿姆斯特丹举办了题为"晚到了 400 多年的中国瓷器"的大型拍卖会，轰动了整个欧洲。经过几个世纪的寻找，人们再次沿着当年的海上丝绸之路逆流而上，在平和的南胜找到当年克拉克瓷的故乡。

2011 年，南澳一号再次聚焦了世人的目光，从水下发掘的大量出水文物中，专家认定为基本上属于平和窑口的克拉克瓷，和已知的南胜窑比对特征一致，再次印证了 400 年前南胜作为海上丝绸的一个重要源头。

2012 年，南胜窑址作为海上丝绸之路漳州史迹列入世界文化遗产预备名单。

远去的五蓬船

◎ 石映芳

五蓬船历史照片（林洪东 供图）

　　"美不美家乡水"，要问我南胜最喜欢去的地方，当属田坑窑遗址公园了，为何？正是因为喜欢上了那一路不绝于耳的潺潺水声。那里的山势时平时陡，河床时宽时窄，溪声的调子也就随之时缓时急，时高时低。似抚琴高手"泠泠七弦上"流淌出来的琴声，有着"峨峨兮""洋洋兮"的韵律美；又似俊俏活泼的古代女子在轻舞飞扬，有环佩叮当之声伴随，声声清脆，清扬婉兮，惹人遐思。水声如此悦耳，水色也一样动人。水流平缓处，水面绿得像温润的碧玉。水流湍急处，水花白得耀眼，虽无大海惊涛拍岸的气势，但也有"卷起千堆雪"的韵致。

法华村田坑窑遗址公园　　　　（黄水成 摄）

田坑窑遗址离我上班的
学校很近，闲暇之余总要去
走走。脚踩着碎瓷片铺成的
小路，踏踏的脚步踩响美丽
乡村的韵脚，携缕缕瓷魂，
穿越斑驳的时光，去追寻克
拉克瓷百转千回的身世。

南胜田坑窑旁的溪流 （林泽霖 摄）

修葺一新的古窑，还能
看到斑驳的痕迹，略带着一点神秘的气息。窑址右前方，那艘满载"金元宝"的"克
拉克号"商船，在河床里静默着，深深沉醉在辉煌的旧梦里。每每坐在岸边与它
发呆对视，我的眼前总会出现这样一幅画面：满载着青花瓷的大船乘风破浪，从
潺潺的花山溪到喧闹的月港，从喧闹的月港到浩瀚的太平洋，一路漂泊，一路高歌。
商船那高高的桅灯，点亮了海天那黯淡的星子，也点亮了欧亚王公贵族青睐的眼眸。

为什么偏僻的南胜山区居然会有这么多民窑出产远销海外的青花瓷呢？早在
明代，中国的瓷器就曾一度风靡欧洲及东南亚。隆庆年间，重开海禁，闽南海澄
的小渔村月港成了全国唯一的通商口岸，为漳州青花瓷的运输开辟了通往世界的
航道。有了便利的水路交通运输，加上海外对中国瓷器的大量需求，激发了民间
制瓷业的兴盛发展。南胜水系发达，殿寮村是九龙江南溪源头，南胜溪又是花山
溪的重要支流，在当时水土资源处于原始而不被破坏的状态下，河道宽敞，溪清
水深，顺流而下，从南胜到漳州月港，不过就是一天的航程，水路运输十分便利。
而且南胜又有着烧制瓷器所需的瓷土、木柴等丰富资源。就这样大矾山柔软的泥
土和清冽的泉水缠绵交融，塑造了克拉克瓷曼妙的身躯，饱蘸彩墨的笔锋轻灵游
走地勾勒出它那典雅的气质，熊熊烈火日夜燃烧，淬炼成它那不朽的魂魄、东方
的神韵。这些瓷器里绝美的青衣，被一批一批地装上了货船，运往世界各地，成
了海上丝路上一颗璀璨的明珠。"十里窑烟、千帆锁江"的繁忙热闹景象也成了
当时一道奇观。

制瓷业的兴盛带动了水路运输业的发展，给各个码头注入了无限生机和活力。

南胜龙心村毗邻镇上的地方也有个小码头，码头上有一棵被雷劈断树梢的苦楝树，劳工们把烧制好的精美瓷器挑到这棵苦楝树下，装上溪船运了出去，这里每天人流如潮，成了一个繁华的地段，因而村子就以这棵无尾楝来命名，只是因为"楝"字的闽南语发音与"虹"字一样，不知什么人把"无尾楝"写成了"无尾虹"，以讹传讹，就变成了今天这个让人摸不着头脑的地名——"无尾虹"。

跟船运有关的地名，还有一个叫"老婆楼"的村子。"老婆楼"属法华村，所在的地段以前也有一个小码头，有很多船民在这里行船出入。这里水流平缓，是一个很好的避风港，所以很多船民把船停靠于此，并在堤岸边盖起房子，住了下来，形成了一个小村子。由于船民中有许多大龄的妇女，因船家生活漂泊不定等原因，没有婚嫁，成了"老婆仔"（南胜村民对未婚嫁妇女的称呼），因而把这个村子叫作"老婆楼"。后来因为觉得名字不好听，又给改成了"老龙楼"。

有人认为南胜船运是因为克拉克瓷产业兴盛才出现的，其实不然，旧社会科技不发达，交通建设落后，桥梁少，公路不畅通，自古以来，都要靠船舶来渡河，运输货物，水路航运一直都是当时人们的主要交通运输方式。

"耶啰耶，载米载谷下双溪。双溪没大路，按水路，水路遇到贼，贼查埔，贼查姆，坐阮的船，打阮的鼓，吃阮的新米饭，配阮的老菜脯。"这是小时候同伴们之间经常唱着玩的一首古老的闽南童谣，也是大人哄孩子入睡的摇篮曲。双溪，这里就是指坂仔的一个集市地点，南胜人和坂仔人在赶集日都会把要交易的物品运到这里来。这首童谣从另一个侧面反映了当时水路运输的繁忙景象及船民们的生活。

南胜本地的溪船都是些利用风力前进的木制帆船。船顶上覆盖着五张竹篾篷，因此又名五篷船。舱顶上那一张较大的篷相当于房子的屋顶，是固定的。前后两头各有两张小的，可移动开合。晴天或白天行船时打开，雨天或晚上合上，整条船就成了一间遮风挡雨的小屋。船头立着桅杆、风帆，船尾有橹和舵，船舱里放有炉灶、厨具及生活用品。可谓是麻雀虽小，五脏俱全。船民们的生活起居，吃喝拉撒都在船上，甚至有人在船上养起猪，实现肉类的自给自足，一辈子都没有离开过船上那巴掌大的生活空间。所以我们本地人也称船民叫"船底人"。

南胜溪航拍图 （林清和 摄）

俗话说，骑马行船三分命。以船为家的船民风里来雨里去，打鱼、摆渡、运货。即使遇到再大的风浪，为了保护船上全部家当，也未曾离开船。行船时，如果是顺流而下，还可以一路顺风，比较轻松；若是逆流而上，就会非常吃力，遇到浅滩或者枯水期还要下水推拉，甚至用肩扛着溪船行走，日子过得十分辛劳艰难。为了求平安，他们把保护神妈祖毕恭毕敬地供奉起来。据说最早的妈祖庙立在南胜圩的码头上，规模很是宏大壮观，可以同时搭三个戏台唱戏。后来因为"文革"期间破"四旧"的原因被毁了，如今的妈祖庙是后来重建的，位于镇区河道旁，虽没有了以前的规模，但香火还是十分鼎盛，乡民们淳朴、美好的愿望从未改变。

南胜最大的码头旧址就在今天妈祖庙位置靠西的地方。以前南胜码头航运的溪船达到了几十条之多，船民往返于南胜至小溪之间的航道，运载旅客、木料、甘蔗、糖等货物，有时也运抵漳州。为了生计，他们顶风冒雨，历经严寒酷暑，驾舟在茫茫碧波上穿行。当时南胜河床宽敞，水流丰沛，溪船航行甚至可以上溯到义路溪底行，四通八达。奔流不息的南胜溪水，养育出了船底人的勇敢、勤劳与善良。

1951 年 5 月，平和至漳州公路汽车客运通车，公路运输相较于水路航运更便捷安全，从此平和人民就基本不再乘船出行了，后来南胜船民们就把船变卖了，一部分人下放到农村小组，一部分人加入当时成立的南胜搬运站，成了搬运工人，为公路运输装卸货物。这些搬运工人因为吃苦耐劳，功绩显赫，当时还被作为光荣模范广泛宣传学习。

1958年，南胜船运完成了它的历史使命，彻底地退出了历史的舞台，从此水草丰美、清波漾漾的南胜溪再也看不到五篷船的影儿，听不到"欸乃"的摇橹声，但船底人的吃苦耐劳精神却祖祖辈辈流传下来，激励着一代又一代的南胜人民奔向更明亮、更灿烂的新生活、新天地。

第五辑　南胜风光

南胜寻味

◎ 黄静芬

冬蜜炒三层肉（黄水成 摄）

肉紧咸香的好吃咸水鸭

福建省平和县南胜镇，于平坦宽阔的盆地之上，四面环山，九龙江水系流经此，潺潺的花山溪支流南胜溪，在南胜镇地域，自"元代置南胜县"始，700多年来，日日欢腾歌唱，带来充足光照与丰沛雨量。自然，许多让人垂涎欲滴的美食，因勤劳聪明的山区人民，因丰富多样的山区食材，被发明、被创造，被一代一代传承下来。

肉紧咸香的好吃咸水鸭，是历史悠久的著名一种。

在厦门，"中华老字号"好清香大酒楼声名远播，此大酒楼，有一句几乎所有市民都耳熟能详的广告语："不到好清香，枉费鹭岛行。"在南胜，我吃着咸水鸭，说出的话，居然是："不吃咸水鸭，枉费南胜行。"

鸭子，每一位福建人都从小吃到大。似乎，福建人喜欢吃鸭子。厦门姜母鸭、南安卤鸭、三明熏鸭、沙县板鸭、漳平风鸭、漳浦填鸭……每一种独特的鸭子风味，都留在福建人的舌尖上，让福建人念念不忘。关于鸭子，有人说过经典的一句话："如果一只鸭子降生在八闽这块土地上，那它一生的终结必将是辉煌的。"按此说法，一只鸭子在南胜的终结，我觉得，是辉煌加辉煌了。

南胜咸水鸭，属于闽菜系，手工制作技艺起源于700多年前。《舌尖上的中国》说："高端的食材往往只需要最朴素的烹饪方式。"鸭子这种食材，不高端，不大气，不奢华，但在南胜，因制作技艺简单，家家户户都会做——其做法是最原始、最传统的水煮抹盐法：把宰杀好的鸭子去除内脏，折好鸭翅、鸭脚，放入装好水的锅里煮，煮熟后捞起，往鸭子的表里抹上适量的食盐，全程不添加任何佐料或添加剂，以保证制作出来的鸭子原汁原味。

南胜咸水鸭制作技艺简单，吃法也简单：剁块即食，或手撕着吃。可以配粥，可以下饭，可以佐酒，因咸度不高，甚至可以当零食。斩切后或手撕后的咸水鸭，薄薄一层鸭皮下是紧实耐嚼的肌肉，有"健美鸭"的称号——因其所用鸭子，生前处于半野生的放养状态，运动量大，皮下脂肪堆积少，肌肉发达健壮。

"杏坛南胜咸水鸭"是南胜镇上闻名遐迩的老店，老板林杏坛制售咸水鸭已有40多年。女友每到南胜，必到"杏坛"店，吃半只咸水鸭，再买一只带回家。她不停对我唠叨着："好吃呢，我吃他家的咸水鸭，已经吃几十年了。"她说，他家的鸭子饲养时间比较长，后期喂食的是稻谷，宰杀后，皮薄肉厚，少脂肪，味道香而不腥。

南胜咸水鸭　　　　　　　　　　（林清和 摄）

是的，成就一道美味，食材好是关键。制作南胜咸水鸭的鸭子，须是清澈溪边放养的，鸭子们有充足活动空间；须是放养时间长的，鸭子们有充裕生长时间。

在南胜镇欧寮村山居几日后，神清气爽离开时，我们驱车转去南胜镇上的"杏坛"老店，看着刚出锅热腾腾的咸水鸭，色泽鲜嫩，咸香扑鼻，我大喊一声："老板，来一只，我要带回家。"

漫长岁月，一些最无用的东西被时光淘洗，然后湮灭无踪；一些最简单的东西，因其简单，被完好保存下来。南胜咸水鸭，因为食材地道，制作技艺简单，所以，历经几百年，其古早味被传承下来，让今人，即使离开南胜镇，念叨起咸水鸭时，依旧唇齿留香。而我，在南胜几日的悠闲时间里，遇见并识得且记住咸水鸭的好味，是幸福的。

酥松香甜的古早味麻枣

"泡茶话仙"，是所有闽南人的热爱。无论什么时候，一盏好茶、几样古早味的茶配，如果，茶配里有南胜麻枣，这"泡茶话仙"的时间，就是让人欢喜的时间。

在南胜镇欧寮村的山里，我左手端一盏醇香扑鼻的白兰奇芽茶，右手拈一根酥松香甜的麻枣，沐浴着月白风清的夜色，一口茶，一口麻枣，沉浸于口腹之欲的满足

南胜麻枣 （林清和 摄）

中，飘然于尘世之外的安闲里，其身姿、其表情，是宠辱不惊、宠辱皆忘的自在之态。

麻枣，多地有，但南胜麻枣，应为麻枣中佳品。南胜麻枣，不仅是当地的传统茶配，也是南胜人款待客人、馈赠亲友的好礼。它历史悠久，元至治年间就有名气。它模样可爱，一般为直径4厘米－6厘米、长8厘米－10厘米的膨化小圆柱形，外裹满满白芝麻。

坊间传说，早年间，南胜一位书生进京，将携带的家乡小吃麻枣献给皇帝，

皇帝吃得金口生香，龙颜大悦之下，一挥手，此书生便当了南胜县令——彼时，南胜不是镇，是县治所在地。此后，南胜麻枣位列贡品名单数十年……这传说，不知仅是传说，还是有确证史实？如是史实，这顶用麻枣换来的乌纱帽，在书生头上戴着，他为家乡做了多少杰出贡献，不知有没有故事流传下来。但南胜麻枣，经岁月的大浪淘沙后，沉淀似金，让今日的我们，拈麻枣在手，轻轻放进嘴中，咬一口，表面白芝麻的香、外皮的酥而脆、内里的实而若空之韧、全身蕴藏的糖的甜……浓郁的古早味不由分说进入口腔，然后，满足一笑。

南胜麻枣，以糯米、角棕芋、白芝麻为主要原料，以白糖、饴糖、花生油为辅料。它的手工制作方法并不复杂，只有三道生产工序：首先是制坯，将糯米、角棕芋加工研磨成粉，按配方比例搅拌，制成麻枣坯。此道工序是南胜麻枣之所以脆嫩的关键，配方比例增一分则多，减一分则少，一向是"秘诀"，据说代代一脉单传，只传媳妇，不传女儿。其次，用花生油炸麻枣坯，让麻枣坯在油锅里魔术一般膨胀起来，一根根，变得肥肥白白，此道工序需掌握好火候和时间。最后，将炸松的麻枣坯蘸遍白糖、饴糖熬炼而成的糖浆，再粘上白芝麻，即成麻枣成品。

"说它是枣不似枣，芝麻包裹糯米心，热油一过变松脆，一口一口倍好吃。"色味俱佳的南胜麻枣，先后获得过"意大利轻工贸易博览会金奖""海南全国农产品乡镇企业产品金奖""福建省精品展销会金奖""福建省最畅销地产商品"等多种奖项，2019年2月，平和县南胜麻枣制作技艺，列入第五批市级非物质文化遗产代表性项目名录。

古早味，家乡味，人情味……一种美食的传承，不仅是一种制作技艺的传承、一种口味的传承，更是一种精神的传承。小小的南胜麻枣，外皮甜韧，内里的胚心入口即化。它承载的，是南胜人的乡村烟火气，也是南胜人的生活甜滋味。

软粿、冬蜜炒三层肉、咸牛奶及姑娘糖

据说女人有两个胃，一个用来吃饭，另一个用来吃甜品。这句话于我，不须论证，是真理——历来，甜品在前，我总是经不住诱惑，味蕾立刻被打开，两眼放光，

冬蜜炒三层肉 　　　（黄水成 摄）

南胜软粿 　　　（林清和 摄）

咸牛乳 　　　（林清和 摄）

南胜姑娘肉 　　　（林清和 摄）

瞬间进入"脑子里装不下的东西，就用肚子来装"的吃货状态。

　　南胜软粿，也叫米粿、甜粿，其实就是糯米糍粑。糯米糍粑，到处都有。这种用糯米、猪油、芝麻、花生仁、冰糖等为原料，制作出的糯米团子，外皮软韧透明，内馅香甜微冰，好吃得很。只是，南胜软粿的个头，似乎比其他地方的麻糍更壮硕，仿佛"健美麻糍"模样，有鸭蛋大小，圆滑滑，满月一般，仅瞄一眼，就知道它绝对有十足的好口感。在南胜一个小村的路边摊上，我用10元钱，买了一袋，一袋里有8个，它们挤挤挨挨在食品袋里，沉甸甸的，色泽浅白粉嫩。付完账，我迫不及待就从袋里捏出一个，送进嘴里，咬一口，香甜，软糯，弹牙。

　　最让我觉得不可思议的一道甜菜，出现在南胜当地人请吃的餐桌上，这道菜，叫冬蜜炒三层肉。冬蜜我喜欢，三层肉我爱吃，但冬蜜与三层肉结成相亲相爱好搭档，我是第一次见到，也是第一次吃到。好吃吗？夹一块三层肉进嘴里，蜜的花香甜消解了肉的油腻味，肉香中夹着蜜甜，香糯不腻口，居然让我频频伸出筷子。

然后，耳边传来女友的声音："不是墟日，买不到咸牛奶，不然，咸牛奶你是必须要尝尝的。"啥，咸牛奶？就是奶酪，咸的。"咸牛奶是盐腌的奶疙瘩，据说一定要水牛奶，水牛奶浓稠喷香，搁些醋，静置后奶酪凝结，用盐腌，用纱布挤压，捏成蚕茧大小就是了。"女友说。

怎么吃？像吃甜奶酪一样，一块一块往嘴里丢？我一副好奇宝宝的表情。"一碗打铁糜，几粒咸牛奶。"朋友回答我的疑问："咸牛奶下饭，是古早时极俭朴的食法。"

据说，咸牛奶，在今日南胜，依然拥有众多忠实粉丝。当地人说，不仅我们喜欢，隔壁乡镇板仔心田村有个80多岁老人，几十年来，每逢南胜墟日，必到南胜镇上买咸牛奶，早餐时，埋几粒咸牛奶在热稀饭里，浓香撩人食欲。

南胜好吃的美食很多，还有一款叫"查某囝仔肉"，也叫"姑娘肉"的，其实，就是生仁糖。生仁糖是由白砂糖、麦芽糖饴、糯米粉、花生、野山柑等原料精制而成，为似圆非圆、似方非方的不规则形状。因香甜可口，富有弹性，极耐咀嚼，触之手感滑爽，让人联想到未出阁的少女肌肤，而得名"姑娘肉"。闽南语中，"查某"意为"女人"，"囝仔"意为"小孩"，"查某囝仔"四字就被顺理成章理解为未成年女子。如今，"姑娘肉"已喧宾夺主地取代"生仁糖"的正统名号。各家店里，一包包"姑娘肉"整齐或散乱摆放，等待如我一般热爱甜品的人到来。

人间烟火气，最抚凡人心。葱油面、醋排、碗粿、枕头饼、米香……掰着手指细数南胜美食，数得垂涎三尺。可惜，作为仅仅停留三天两夜的匆匆过客，我不能吃尽南胜的所有美味。

我只能对女友说一句吃货的经典语录："让我们红尘做伴，在南胜吃得白白胖胖。"

俯仰太极峰

◎ 罗龙海

太极峰航拍图（李润南 摄）

　　太极峰这座山的名字非常有诱惑力，至少对我来说是这样的，因为在某次下乡采访时初次听人说起它的时候就非常的渴望前往，想要看看太极峰上到底隐藏着怎样神秘的风景，竟敢取名为"太极"！但我又怀疑它名不副实，因为一座山的名气和景观，与它的名字是否大气或奇特并无绝对的因果关联，如果名字起得很奇特很大气，空有奇特诱人的名字，而山上却无实际美景，反而容易给人形成心理落差而让人更加失望。

　　那是一个盛夏季节，七月流火的日子里，南胜镇政府来了一批客人，他们当中有来自法国和上海的国内外建筑设计规划专家，他们从大老远的地方跑来，为的可就是考察这个太极峰。有时候我还真是相信了天地人能够合一的玄学，因为一睹名山芳容的渴望刚在心里萌芽不久，转眼间这个登山的机会就来了。

　　由于考虑到路程较远、路途崎岖、且观赏山景受光线影响之故，大家只好放弃中午休息的机会，午饭后直接开路。在南胜镇党委政府领导的陪同下，客人们驱车从镇区出发，沿着山间水泥公路一路往山上走，直接来到帮寮山水库边。正

太极峰　　　　　　　　　　　　　　　　　　　　　　　（林泽霖 摄）

值夏季多雨季节，水库蓄满了蓝莹莹的水，映入大家眼帘的是一幅绝美的蓝天碧水图。

　　红鼻子白皮肤的史迪文先生可是此行的主角，他可没有放过任何一个可以拍摄的机会，刚到水库岸边，手中的数码相机就拍个不停。大家在岸边稍等了十几分钟，有人借此机会连抽几根烟，因为一过水库、到了山上就不能够吸烟了。一只小铁壳船腾腾腾地冲过来，搭载着我们十多个人，往水库彼岸驶去。

　　阳光非常强烈，照得人们睁不开眼，抬头向稍远处望去，蓝天如洗，白云如练，青山耸立，碧水幽兰，色彩对比非常强烈，那天的确是一个外出旅游观光和拍照的好时机。本来天气是非常的热，可是站在铁壳船上不到一会儿，人们就忘了热，是铁壳船划开了水库的水面，开启了一座清凉的宫殿，让大家顿觉神清气爽。渡船的艄公反复交代，不要随意走动，要保持船体平衡，这让大家一下子意识到，我们一行人此刻正站在水库中央，危险系数很高。

　　大家都惊诧于在这高山之上、围拢的群峰中间，竟然会盛着这样的一湾碧水，水质清澈，水花飞溅，波光山色，如诗如画，船在水中走，如在画中行，太让人兴奋了。有资料显示，邦寮山水库集雨面积达18平方公里，水库坝基海拔760米，水库最大蓄水面积100亩，长3000米，宽20到50米之间，水深13至25米，总库容160多万立方米。

人随船走，山随船移，水天一片辽阔，我的摄像机也开始忙活起来。靠着小铁壳船的栏杆，我尽量稳住身体，保持摄像机的平稳，拍摄两边岸上美丽的山景。最奇特的是这里山的外形地貌，它们犹如一株株刚冒出地面的巨大的麻竹笋尖，那一块块依附在山体表层的石头就像是笋的外衣。小船一直往水库的东边驶去，四周风景次第展现在游人面前，群峰相连、异石堆叠，石缝之间挤出一簇簇坚强的绿树，令人陶醉，令人留恋。

而这还只是邦寮山水库。那山上有山的太极峰，到底还会有着怎样的景色，在吸引着人们的眼球？

下午三点多，小铁壳船终于在水库的东南方向靠了岸，我们一行人分两队登山，史迪文先生和张鹏院长跟我们一起走。山路上，两边林木茂密、遮天盖地、不见阳光，而且由于山路被树木、藤条、野草交相覆盖，形如洞穴，一行人爬山

太极峰

（林泽霖 摄）

太极峰 （林泽霖 摄）

如同穿行在洞穴之中，感觉就特别憋闷。

山路可真是不好走，一路向上使着脚劲，大家都是汗流浃背，气喘吁吁。先前已经来过几次的镇领导说，上山估计要走一个半钟头，下山只要40分钟。由于山路不好走，大家走的速度可不快，我抓住机会接近翻译，向他打听那位洋客人的信息，这才知道他的名字和身份。这个史迪文居然是世界各地不少旅游景区建设开发的策划设计人，是这方面的博士、专家。

大约走了一个钟头后，遇到一堵竖立溜滑的"石壁路"，大家都必须抓着树枝和藤蔓才能往上继续行程，这时，上海设计院的张鹏院长首先表示"服输"了，不再攀爬。大家就把随身带的荔枝留下来一些，让他坐在路边的石头上歇息、品尝，等待大家登山后再原路返回。

大家沿着并不明显的山路一直向上走着、爬着，可那山路忽然就向下掉下去了一段，上上下下，闪展腾挪，如此反复五六回之后，年轻的翻译在距离峰顶约20分钟路程的一个拇指石地方，也双手直摆表示坚持不下去了。倒是那位看不出年龄的史迪文，一路轻轻松松地走在前头。

下午五点多，我们一行人终于登上了太极峰。被汗水浸透的史迪文顾不得休息，拿着相机不停地拍照。我也顾不得喝水，作了几个深呼吸，平复一下剧烈的心跳，扛起摄像机拍摄眼前的壮丽美景。时任南胜镇党委书记的林清灵在接受采访时说，太极峰山色秀美，都保持原生态，植被基本没被破坏，奇峰异石很漂亮，一个山头就是一个盆景。

就在史迪文先生停下喝水的时候，我用简单的英语口语和他交流，知道他才35岁，比我年轻好几岁，我用手势示意要采访他，让他简单谈一下太极峰的景色特点，他表示同意。他说，这是一个美丽的地方，他一开始就喜欢上它了，刚才，当他来到那个水库边，再爬到山顶，发现这是一个很有开发价值的地方，他可以看到远处的风景，美不胜收，尤其是那些奇石、怪树令他流连忘返。史迪文说，他走过世界上很多国家，为很多美丽的景区做过策划和设计，像这样仅由石头和绿树组合的美景却还是第一次见到。史迪文用英语谈说的内容，我后来是找了正兴学校的英语老师翻译过来，才完全明白了他的意思。

虽然已是夕阳西下，暮色逼近，但是光线却不错，视野开阔，余晖中的美景一览无余。看远处，群山如屏障连绵，横亘天宇；俯瞰脚下，各个小山包如书卷般展开。有懂行人说，太极峰景区内植物种类繁多，乔木、灌木等植被覆盖率达65%以上。境内为燕山期的岩浆岩，大部分属酸性、中酸性岩类，由岩基、岩株、小岩瘤形成奇形怪状的岩石群。我们落脚歇息的石头，紧靠着刻有"太极峰"题字的巨石，位置比它还要略高一些，此刻，一览众山小的感觉真是不错。刚才仰望高山，我们满心崇敬，豆大的汗珠就是我们虔诚的表现。此刻山高我为峰，俯瞰群山，我们心旷神怡，仰望与攀爬的辛苦，换来了俯视的高度，倘若没有刚才气喘吁吁汗流浃背的狼狈，哪有此时山风拂拂的清爽和潇洒！

时间已经逼近黄昏，耳际飘荡着各种鸟雀归巢叽叽喳喳的鸣叫，那是群山拉响的琴弦，是生态的乐章。

太极峰是全景区第二高山峰，镇山宝石高 15 米，宽 10.18 米，厚 8 米－9 米，正面有石刻文字，镌刻着"太极峰"三个宋体大字，落款写着"乙未季秋吉旦开山僧道宗勒石"13个宋体小字。由于这大小16个字的存在，这个石头就成为整座山的灵魂，独领风骚。对照资料搜索故事：乙未季秋即1655年9月，时为清顺治十二年暨南明永历九年。道宗原名张木，1613年出生于平和县小溪后巷村，少年时就到诏安报国寺出家，后辗转于云霄龙湫岩、东山九仙岩。有人考证，道宗是诞生于明末清初的反清复明结社组织天地会的真正鼻祖和领导人，这块明末清初的勒石，常年隐身在寂静的山顶，映射出的却是一段惊天动地的故事，为景区的开发提供了一个绝佳的人文背景。当地还传说，20世纪三四十年代，这里还是闽南特委和红三团活动的根据地，红军撤退转战别处时，在山顶某个洞穴埋下了十几担宝藏，留下的一份藏宝图纸被裁分成三块由三名红军战士分开保管。时过境迁，世事沧桑，如今宝藏之说已经成为一个谜。

同行的本地向导南胜村民蓝汉中说，改革开放之初，他还是年轻人时就曾经来过这里，但是当时没有那个关于旅游开发的超前意识，不觉得这里可以开发旅游风景区，后来通过到外面走走看看，与外面的旅游区多作比较之后，才发觉这里作为旅游景点是非常理想的。他说，除了刚才大家看到过的拇指石，和眼前的太极峰巨石，山的更深处还有诸多迷人风景，如金猴手印、鸡笼山、狗断尖、水鸡石、石笋尖等。

这些景点，光从名字听就富有韵味，可惜山路难行，而且时间也不允许我们多做逗留，否则天黑了在山顶上就下不来了。

我想，当年道宗在此勒石，取名"太极"，应当是指这里地貌原始，混沌未开之意吧；抑或是指登山极其辛苦、登顶极其快乐，二者无所不至其极之故，也是"太极"吧！

在匆匆下山的途中，给我留下最深印象的是拇指石，当时天已黄昏，山色一片混沌，高耸的拇指石以蓝色天幕为背景，形状特别突出抢眼，虽说是像极了高高竖起的大拇指，但更像是昂首翘起的蛇头兀立在山顶，作冲天腾起之状，那印象至今留在脑海里，栩栩如生。

太极峰: 天地之间一盆景

◎ 游惠艺

太极峰上"大象"（林泽霖 摄）

平和南胜太极峰，说起来就是眼皮底下的地方，但有多少平和人甚至南胜人都和我一样，对它是那样的陌生，只闻其名，未睹真容。

今年初，我跟着采风团一起到太极峰探秘，只惜天公不作美，一场浓雾如约而至，给太极峰裹上一层神秘的面纱。刚进山，一段近似"天梯"的山路就给所有人一个下马威，这是一条刚被人踩出来的小路，没有台阶，更没有铁索，只有前人留下的脚坑。几近垂直的山路上，一干人几乎都是鼻子贴着地面在攀爬，好在沿途到处有灌木藤条和岩石，充当攀爬的抓手，天地间，我们是一群蠕行的蚂蚁，这条羊肠小道让从小走惯了山路的我也觉得望而生畏，不由得对太极峰心生敬畏。

好在这段陡坡不长，攀到山顶，一条"横路"把大家引向群山深处。茂密的森林加上浓雾遮蔽了人们的视线，但这不影响登山，浓密的雾气更增了空气中的负离子，大家很享受地穿行在原始的森林氧吧中。长期坐在单位上班的人，到太极峰这样的一个好地方当回驴友是非常值得的，既补氧又洗肺。

爬太极峰，印象最深的是这里满山林立的石头。穿过这条"横路"不远，就迎来一段上下坡，顺着山脊从一座山峰绕到另一座山峰。就在另一段小坡间，抬头猛然看见一壁巨大的山石立在眼前，这是由三层巨石整整齐齐摞起来，仿佛天成，盖在最上面的石头比一间房子还要大，它的大已超出你的想象；再往前走几步，又有几块巨石直直地立起，越往前走，巨石越多，仿佛是在一片石林中穿行。

　　浓雾渐散，到前方一处高地时，才看清这漫山林立的巨石的真实身影，它们其实就像一处处醒目的盆景。你看，这块异石高高竖起，对着这片群山竖起大拇指，是不是造物主它对自己满意的评价呢？它高高矗立在一座山头上，周围葱郁的林木高高低低地伏在它的脚下，平淡无奇的一座小山头靠它抽高一耸，就变成一处浑然天成的奇观，山是盆，它是景；再往前几步，迎面三块巨石堆砌而起，干脆把它叫成"三星堆"；再往前方山头看，你看这两块挨在一起的石头，很像两个对称的耳朵；还有这一块翘首长天，形状多像"笑天犬"，不如叫它"笑犬长天"吧！来吧，这里的每一处景致都是没有"姓氏的新娘"，它等待你的到来，帮它揭开头上的纱巾，等待你恰如其分地叫出它好听的名字。太极峰，它是你待嫁的新娘！

太极峰点赞石　　　　　　　　　　　（林泽霖 摄）

　　经过几个钟头的跋涉，终于登上海拔 982 米的主峰太极峰。丛林旁闪出一扇巨石，上面刻下天地会创始人万五道宗留下的"太极峰"三个遒劲大字。一干人坐在光秃秃的大石上看风景，被冷风灌个满怀，倘若夏日来定是万分惬意之事。在这里，放眼苍山，树与树比高，石与石争俏，各种异石连片而起，层叠突兀，登临石上，望眼苍茫。这里每一座山头何尝不是天地之间的一件盆景，这些千奇百态的石头，以其沉默的最初形态，向世人昭示它生前的秘密，曾经蔚蓝的那一片海。徜徉太极峰，其实是徜徉在两亿年前的海底世界。以此说来，太极峰它也是海的儿子，如今长大长高了，挣脱母亲的怀抱，以无比阳刚的英姿挺立在世人面前。

太极峰上石林　　　　　　　　（林泽霖 摄）

太极峰上"海豹"　　　　　　　（林泽霖 摄）

原以为，太极峰只是一座山峰，顶多奇特而已。走一遭才发现，它的大超出了想象；一看简介方知景区面积达18平方公里，那天所看的只是冰山一角。景区内已知有邦寮水库、岩石坑、金猴手印、鸡笼山、红婆石、狗断尖、水鸡石、石笋尖、太极峰、鼎底湖、紫竹寺和闽粤边区特委遗址等12个景点。来过太极峰的文友介绍说，其实太极峰并非只有一条路，它还有一条"水路"可以进山。文友说，要是走"水路"，那是另外一番情景，人坐在船上仿佛有一种人在水中走，山随船舷过的感觉。他说那一座连着一座像盆景一样的山头，隐隐向你的身后退去，那是何等赏心悦目之事。他说来到这样的世外仙境，人容易遗忘对尘世的记忆。文友的话我信，我们都在尘世中走得太久，有太多纷纷扰扰的记忆，不正需要一个清澈的地方来洗涤自己么？

看倦了太多的人造景点，那一处处人满为患的景观，在层层商业的外衣包裹之下，大多失去原有的自然之美与文化内涵，只有浓浓的铜臭熏烤着你的耐心。相比之下，太极峰，一座连导游也没来过的地方，这里一景一物都没有尺度的限量，任你的想象的翅膀把它丈量，任你的眼光尽情地抚摸这两亿年前的海底世界。

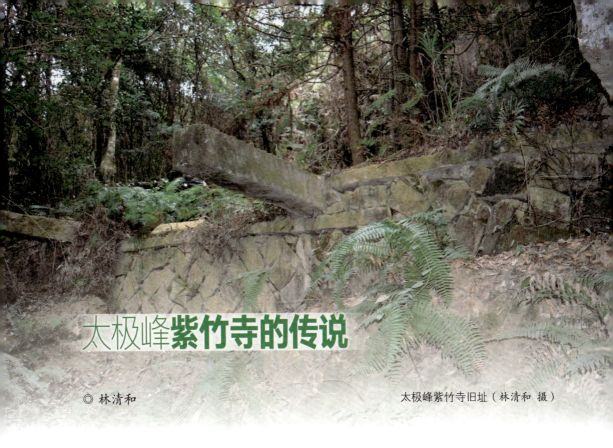

太极峰紫竹寺的传说

◎ 林清和

太极峰紫竹寺旧址（林清和 摄）

在太极峰紫竹寺的遗址上，可以看到不少散落的破碎瓦砾，意外的是，在靠山墙的地方居然还有一小堆堆叠着的、完好无损的瓦片。这些瓦片中，有大的红瓦，也有大小、厚薄不一的好几种灰瓦。为什么会有好几种不同颜色、规格的瓦片？一座寺庙的屋顶盖多种不同颜色、规格的瓦片，这似乎有些不合常理。一般的房屋盖瓦都是用统一的型号、统一的颜色，这样既便于施工又整齐美观。可建筑面积并不是很大的紫竹寺，为何要用颜色不同，大小不一的瓦片？这似乎在印证着一个流传已久的传说。

据说，当年太极峰上紫竹寺上的瓦是"飞瓦"，是从山下飞上来的。相传，当年万五道宗率众修建紫竹寺的时候，建寺庙用的石材和木材都是在山上就地取材，可盖屋顶的瓦片却成了棘手的问题。紫竹寺建在邦寮山深处，前不着村后不着店的，瓦片须得从集镇运上来，但邦寮山内山高坡陡，路途遥远，运那么多的瓦谈何容易。眼看寺庙土木石结构建筑基本完工，就差盖瓦收尾了。可瓦片的问题一时得不到解决，如何是好？就在众人一筹莫展之际，道宗招呼一个小和尚近前耳语一番，那小和尚微微一笑，欣然领命而去。大家正交头接耳地嘀咕着师傅葫芦里卖什么药时，道宗对着众人说："大家伙别操心啦，过几天就会有瓦盖庙的。"众人你看我，我看你，将信将疑，但既然道宗师傅都这样说了，应该不成问题。

话说那个小和尚经师傅一番耳语后，便回住处收拾行囊下山去了。一番跋涉之后来到集镇上，他一边化缘，一边见人就神秘地告诉他们：三日之后，邦寮山的和尚将表演使飞瓦神功，瓦片可以飞过几个山头，如有意前往观看的，到时他可带大家去，但有一个条件，就是前去观看的人必须每人带上 5 个瓦片。人们根本不相信小和尚说的话，和尚哪有那么大的本事，把瓦片扔过几个山头？但这消息一传十，十传百，最后所有的人都知道了，人们嘴上口口声声说不信，但心里倒是有几分好奇，都想去看个究竟。

三天后，来自四面八方的人们蜂拥而至，每个人都或捧，或背，或掖的，至少都带有 5 片的瓦，瓦片中有大小规格不一的红瓦、灰瓦，那都是人们从自家的屋顶匀出来的。人们在小和尚的带领下朝邦寮山方向进发，那队伍煞是壮观，宛如一条盘山而行的长龙。

一路上，人们有说有笑的，更多的是在议论使飞瓦神功的真假，要真如小和尚所说的那样，一扔瓦片就可以飞过几个山头，那可绝不是一般的功夫了，那个和尚不是神仙，也是得道高僧了……虽然上山的路崎岖难行，但人多兴致高，没几个人喊累，浩浩荡荡的队伍一直向深山挺进。人们一边爬山，一边欣赏沿途的风景，个个异常兴奋。内山里那奇峰怪石仿若是有人精心堆叠一般，与周围的绿树相映成趣，简直就是天造地设的大盆景！人们不禁啧啧赞叹大自然的鬼斧神工。

人们一路欢笑同行，美景相伴，累并快乐着。几个小时后，人们陆陆续续来到了一处较为空旷的地方，但见那里支起许多口大锅，许多人烧火的烧火，搬柴的搬柴，忙得不可开交。另一边，一个和尚在那指挥着人们把带来的瓦片放到旁边的一个角落。人们有序地把瓦片放好后，有的人上前去帮忙烧火做饭，有的人则或坐或站地休息。

中午时分，一个身材高大、面容慈祥的和尚站在一个高处大声地喊道："各位远道而来的父老乡亲们，你们好！感谢大家不辞辛苦地前来此地，想必此刻大家都已饿了吧，我们为大家准备了大锅咸饭，请大家先吃饭。"

经过半天跋涉的人们，此时皆已饥肠辘辘了。那和尚话音一落，大家便也不客气，前去取碗盛饭吃了。那咸饭真是好吃，每个人都吃得津津有味的，直至肠满肚圆才歇了。饭罢，有人就等不及了，催促着使飞瓦的表演快点开始，不然天黑赶不回去。

这时，只见刚才那位和尚出来说话："各位乡亲父老，大家此行上山的目的是来看飞瓦的吧？"大家伙齐声应道："是的，可以开始了吧？"和尚面带微笑地说："各位，不急，且听贫僧道来，贫僧法号道宗，修道多年，先前在诏安长林寺修道。一日在寺中禅室午憩，忽见观音菩萨现身榻前，点悟贫僧说：今长林寺已具规模，尽可托付，南胜邦寮山深处有一灵山宝地，何不前往筑寺参禅悟道，普度芸芸众生。于是贫僧当即前来此地，果真如观音菩萨所言，山钟灵毓秀，便择此宝地修筑寺庙。大家且往那儿看。"说着和尚右手一指，众人顺着手指的方向一看，但见不远处有一座未完工的房子。和尚接着又说："筑庙所需石材，木料容易，皆可就地取材，唯瓦片因山高路远难以置办啊。贫僧为此寝食难安，眼看寺庙即将建好，而瓦片仍未有着落。前几日，忽得一梦，观音菩萨再现身榻前说：无须为屋瓦操心，到时有缘人就会送上前来。说罢，便飘然而去。今晨，天降祥瑞之光，贫僧猜想必有好事降临。果然，各位乡亲父老不辞辛苦翻山越岭送瓦而来，原来，观音菩萨所说的有缘人就是大家啊！阿弥陀佛！善哉！善哉！贫僧当率众拜谢观音菩萨，拜谢乡亲父老！"说罢，道宗和众人双膝下跪朝天三叩首，在场的人们刚刚听道宗和尚讲话时还云里雾里的，这时，不约而同地也跟着跪地朝天叩首。

跪拜之后，人群中有人大声说："莫非之前那个化缘的小和尚是观音菩萨的化身，点化我们来为寺庙送瓦？咦，那个小和尚呢？"大家目光四处搜寻，却怎么也没看到。难道是又化身飞走了？"对，对，对，那个小和尚一定是观音菩萨化身变的！他说飞瓦，大家带的瓦片不是'飞过'了几个山头才来到这儿的吗？这就是禅机啊！"马上有人应声答道。这时人群里喧哗起来，仿佛一下子都明白过来，原来是观音菩萨在渡化大家。为此，每个人都在心里暗暗称奇，也在为自己能被观音菩萨点化而成了有缘人而感到高兴。

道宗看到人们都面带喜色，心中释然，和颜悦色地说：南无阿弥陀佛！观音菩萨普度众生，佛法无边！寺庙得以建成，承蒙大家的添砖加瓦，愿菩萨保佑天下太平！保佑乡亲父老身体康安！日后，本寺随时欢迎大家光临！

大家躬身还礼，谢过并辞别道宗和尚，眼看天色不早，便原路有说有笑地返回，都说不虚此行。

见人们都走了，道宗这才叫人去叫小和尚出来，小和尚一副笑容可掬地来到道宗面前，竖起大拇指说："师傅高明，妙计！真是妙计啊！"其他人随后才从小和尚口中知道了事情的来龙去脉，无不夸赞师傅的高明。众人用人们送来的瓦片盖好了寺庙，没想到瓦片还有一些盈余！

后来，道宗和尚挥笔写下苍劲有力的"太极峰"三个大字，命人镌刻在最高峰的一块巨石上。自此，太极峰就此得名，而"使飞瓦"的故事就传开了，一代代地流传至今。

史前活化石桫椤

◎ 林清和

大矾山桫椤群（林清和 摄）

2018 年 3 月《平和新闻》一则"平和一棵 400 年的红锥王被村民奉为守护神，咋回事……"的新闻报道带红了安石坑的红锥王。许多人慕名前往安石坑打卡，一睹红锥王的风采。我本是凡尘客，好奇之心亦有之，便在一个周末的午后也骑着摩托车翻山越岭而去。

红锥王的具体位置是在安石坑村内坑小组的村边，内坑是一个坐落于矾山东面的峡谷，原本有着一百多个人口的小村落，由于地处偏远，交通不便，又存在着地质灾害的隐患，所以村子早在十多年前就全部外迁，旧址复耕成了蜜柚园。村民搬走了，村子没了，而那棵屹立在村子一头，曾经与村庄、村民相依相伴几百年的红锥树，只能落寞地坚守着这片滋养了万物生灵的热土。

来到了矾山的半山腰，山腰的一条道路把矾山拦腰分成了上下俨然不同的两部分，俯视山路之下，举目所见皆是成片成片的蜜柚，山路的上方，昂首仰望目之所及是郁郁葱葱的原生态树林，那层层叠叠的树叶呈现出淡黄、浅绿、墨绿等不同的颜色，其间有的还满树开着乳白色的花儿，这一切在柔和的、金黄的阳光的照射下显得美极了，一阵阵风掠过树林，树梢摇曳，空气里裹挟着树木的香味，令人神清气爽，不由得频繁地深呼吸，恨不得把这空气里的负氧离子都悉数吸纳入肺腑。

车道已尽，得下车步行，在路旁指示牌的指引下，踏着杂草丛生、曲折坎坷的小道，小心地前行，不消多少工夫，仰头便看到那棵名噪一时的红锥树了，好大一棵树！但见几十步开外，一棵树干粗需几个人手拉手才能合围的大树直插云天，那四散伸展的枝干有如一条条虬龙一般撑开巨大的树冠……

当我的目光从红锥王树冠顺着树干往下滑落时，不由得被红锥王下方溪涧里的几棵聚集在一起的极其特别的植物吸引了，那不是桫椤吗？这里居然有桫椤！我简直不大敢相信自己的眼睛！因为早就了解到桫椤是一种不一般的植物：被称为陆生植物的"活化石""蕨类植物之王"与恐龙同时代的木本蕨类植物。1999年8月4日被列入《国家重点保护野生植物名录》为国家重点二级保护野生植物。这么珍贵的植物能出现在这穷乡僻壤吗？

桫椤 (林清和 摄)

怀着喜疑参半的心情用手机搜索、查阅、比对，最终确认眼前的这几棵真是如假包换的桫椤！真是太令人兴奋不已了，家乡居然有这么珍贵的植物，原本一直以为只能在网络图片中看到它，不承想此刻它真真切切、活生生地就在眼前！一条清流自峡谷上方缓缓流下，这几棵桫椤就生长在涓涓细流边上，它们的树形非常优美，笔直粗壮的茎干高高向上，在顶端四周散开的巨大叶子，整棵宛如一把撑开的巨型绿色大伞。不禁掏出手机"咔嚓咔嚓"地拍个不停，全然忘记了此行目的是为红锥王而来，终却把目光与心思都倾注到了桫椤的身上。

　　桫椤是一种对生长环境要求很苛刻的植物，它喜欢生长在具有一定的海拔高度，且湿度较大的山谷、溪涧旁、林木间。应该是矾山的生态环境恰好满足了桫椤的生长条件，所以才能有桫椤的身影吧。一定是的！矾山朝向五寨、南胜一侧，有着保护得非常好的自然生态林，林间树木繁茂，生物多样化，且水资源丰富，山间有数条涧水自山腰流向五寨、南胜，乃是漳浦鹿溪的源头、南胜溪的重要源头之一。

　　矾山有这么好且适合桫椤生长的自然条件，山上的桫椤一定不止这几棵！经了解，果然如此，据安石坑的村民说，矾山的桫椤对他们来说可不是什么新鲜的东西，也不是什么稀罕物，山上多得是，凡是有涧水的地方就有它们的身影，每处能看到的可不只是一两棵，而是十几棵、几十棵，甚至成片成片地生长，大大小小数都数不过来，其中大的高达近10米，茎干直径也有近30厘米粗的。他们还说，这种桫椤对环境、水质要求非常高，凡是哪段溪涧有被农田水排流过，那里就连一棵桫椤的影子都没能看到。

　　"唉！不过，现在桫椤没有那么多了。"一村民叹了口气说道。"为什么？难道是人为砍伐？"我满腹狐疑地问。"砍伐倒不是。"村民接着说道，"那是十多年以前的事了，当时村里来了一个漳浦的商人，据说是做花卉生意的，不知他从哪里打听到矾山生长着许多桫椤，便开着大车，花钱雇村里的人进山去挖，当时村民们以为桫椤只不过是一种普通的植物，不了解它们的价值，也不知道那是稀罕物，加之觉得山里头多的是，人家要挖就让他挖了，所以不仅没有阻止，反倒为了挣点工钱，便去帮着连根挖了，然后扛下山装了满满的一车，让那商人运走。而后那商人连续来了许多趟，还是雇村民挖桫椤，这样前前后后运走了好几大车，后来听说那些被挖走的桫椤最终也都没能种活……"听到矾山的桫椤竟遭此劫难，我不禁扼腕叹息，真没想到这种与恐龙同时代的植物，几亿年来可以躲过大自然的任何劫难，却难逃人类的贪婪。

话又说回来，幸亏那些被挖走的桫椤没有成活，要不然矾山上的桫椤可能就得遭受灭顶之灾了，如果那样的话，要在矾山上找到一棵桫椤都难了，只可惜的是那些被挖走的桫椤成了无知者与贪婪者的献祭了。据说那商人因为桫椤亏了不少钱，活该他亏，谁叫他只知道钻在钱孔里，在丝毫不了解桫椤这种植物的生长特性的情况下，便盲目地对桫椤进行采挖、移植，做着发财的梦。后来，村民的环保意识增强了，国家也把桫椤列入了《国家重点保护野生植物名录》，那些幸存的桫椤终于可以不再被惊扰、掠夺，得以继续繁衍生息了。相信，在环保意识与法律意识大大提高的今天，在对生态保护越来越重视的当下，类似这样无知的事情不会再发生了。

为了更多地了解矾山的桫椤资源，我几次走进矾山的一些山谷，令人惊喜的是，先后在一些山谷发现了许多的桫椤，它们或是零星地分布，或是成片地生长于山谷里。其中有一些桫椤更是大得惊人，俨然就是一棵参天大树，那茎干直径达 30 厘米粗，整棵高达 10 米左右。茎干上部有残存的叶柄，向下密被交织的不定根。叶呈螺旋状排列于茎顶端。叶片非常大，呈长矩圆形，大的叶片长 2 米左右，宽 1 米上下。站在这样大的桫椤下仰视它，让人感觉不到它有丝毫的粗犷，反倒是被它秀美的身姿所折服，真的，它的树形太优美了！给人一种风姿绰约的美感！

说也奇怪，南胜四面环山，唯独在矾山上生长着那么多的桫椤，而在其他的山上却连一棵桫椤的影子也看不到，哪怕是生态环境较好的、位于龙心村西坑组之上的尪仔山，那里也有成片的自然林，林下也有清澈的溪流，可也没能见到桫椤。这是什么原因呢？我想，也许这就是物竞天择的自然法则吧，该有的就会有，不该有的它就不存在！

桫椤，既然能见证亿万年前的历史，也能亲历千百年后的未来吧！

桀骜不驯的**大矾山**

◎ 黄水成

远眺大矾山主峰（林清和 摄）

庚子岁末，在灵通山东麓，看到前方有座山浮出水面一般，高高地矗立在天地间，凛凛然，像张满弦的风帆，直朝我们驶来，顿时大为错愕。同行的山梁兄说，那是大矾山！心里一惊，大矾山远在南胜，且不说与灵通五六十公里的车程，即便两山直线距离也在三十里开外。此时，大矾山近似在眼前，顿疑为幻象。

大矾山其实并不陌生，数次与它擦肩而过，但远近高低，竟未睹真容。常年盘桓山脚下，如只蝼蚁仰望一棵参天树，每座山都难窥全貌。如今却在灵通打量大矾山的雄姿，瞬间深深地把它读进心底，读成了彼时的约定。从此，它像颗种子一样藏进沃土，只等哪天破土而出。大矾山，你以委婉的方式，让我走进你。

恰逢丽日，干脆约上三五文友，直奔大矾山。

车到山腰上的梵净寺，抬头仰望大矾山，它完全不是灵通看到那般完全展开的样子，整座山像巨大的锥形体直插苍穹，阳光下，清晰可见的山脊线高高耸起，峰顶处如刀锋般直着竖起，令人心头敬畏。

从梵净寺顺着柚园小径闪入林中，一条"之"字形山路横在眼前，没有护栏，没有石阶，只有高高低低的脚印，还有别人挖出巴掌宽的泥阶，一路蜿蜒盘升，一直没入密林深处，宛若天梯。一坎到肚脐，两坎到目眉。在这又陡又滑的山坡上，最陡处，人和地面构成尖窄的锐角，几乎面壁一般，脸和地面贴得很近，每一步都需放低重心、猫着腰，还要当心脚下踩虚打滑，每一步都让脚底冒汗，几近攀岩。这样扶摇直上，不过一盏茶功夫，大家就被重力压得喘不过气来。攀登刚拉开序幕，大矾山便毫不客气地给我们一个下马威。

大约过了半个多钟头，就像抬升的杆，身体和地面逐渐回到垂直状态，回到直立姿态，紧张的肌肉逐渐松弛下来。我们终于登上大矾山脚下的第一座小山峰，大家找了个平地喘口气，补点水，从容地打量四周风景。才发现，大矾山四面都非常陡峭，若从其他方向登山绝不亚于攀岩。亏得有眼前这座小山峰铺垫，才让人可以顺利地攀上东面这侧的山脊。沿着山脊线，大矾山垂下一只欢迎的大手，沿着这只大手，蜿蜒且相对平缓。攀登是勇者的挑战，大矾山它欢迎勇敢的攀登者。

沿着山脊线蜿蜒而上，又绕过一段弧形山丘，很轻松就到了主峰山脚下。就像起伏的乐章，眼前山势再次陡然抬升，随着海拔升高，草木逐渐稀疏，脚下沙砾越来越多，这里很像西北高原或荒漠，虽然植被完好，但难掩其沙砾化的脆弱生态。随处可见裸露的岩石横亘在路旁，它们嶙峋峻峭，傲然兀立，甚至有棱有角，大矾山上的每块岩石都个性鲜明。

大家在山坡灌木丛中穿梭，一抬头，却被一头"巨狮"拦住去路。定睛一看，这哪是狮子，这分明是从山体长出来的一整块巨大岩石，这是大矾山最美的风景之一，它像一头威武的雄狮守住进山的路口，当地人称狮子峰。所幸它不是斯芬克斯，更不是草原上的雄狮。浅褐色中还透着微赭色，岩表风化得坑坑洼洼，摸上去非常碴，浑然中带有天然的野性美。这远古洪荒留下的杰作，就像大写意般的西洋油画，粗糙的线条背后，蕴藏着最经久耐看的审美。眼前的狮子峰，拉开距离从不同方位都能看到不同的风景，雄狮、苍鹰、蟾蜍、老人头，它魔术般地变幻自己。大家纷纷扔下行装，欢呼雀跃地爬上巨石，内心的狂野一览无余地宣泄出来，远远望去，多像一群张牙舞爪的蚂蚁。其实大矾山上的无数风景，都等待你审美眼光去发现，就像这高高耸立于半坡上的狮子峰，从远处眺望它还像一朵卷起的浪花，再换个角度，从山顶到狮子峰连起来看，它更像一枚巨大的如意斜斜地搁在山冈上。谁能相信眼前这凸凹不平的大岩石，竟会成为天地间最写意的如意。

从狮子峰往山顶攀登越发险峻，虽然刚进山时也很

大矾山半山腰上的狮子峰　　　　　（林清和　摄）

陡，但那脚底是松软的泥土，而眼前多是坚硬且粗粝的岩石，以及易滑的沙石。到处是凸起的石壁，感觉一直在岩石间穿梭。已近正午，又饥又乏，好在初春的气温不高，不然都找不到一处荫凉处歇脚。昏昏然，就像一只攀附的蜗牛，在峭壁上缓慢移动。出发前与大矾山比高的豪言早已抛弃，此时，只剩一个念头，只希望早点登顶，找块平地坐下来，完成对肉身的一次短暂救赎。顶峰上的红旗近在眼前，却不知又走了多少个峰回路转的之字路，才在正午时分登顶。

大出所料，峰顶就是一小块平地。这是我登过最尖的峰了，除了西北面，其他三面都是几近垂直的山崖，就像被削尖后的小土台。如此险峻，如被托到半空，再有一阵风来，感觉山体都将摇晃，不得得深深呼吸。转而又想，人生几时高坐这天台之上？正是极目纵览时，何惧之有！

自古以来，大矾山就是当地的神山一般，它被世世代代的南胜人乃至平和人深深仰望。然而，它至今没有文人墨客留下的足迹，它甚至没有什么神秘的传说。山上一草一木，一沙一石都带着天然的面孔。这里原浆般的天然山水，让人回到自然中来，让人看到一景一物都是未加修饰的本来面目。原始而神秘、狂野而惊险、新鲜、刺激、宛若天阶的大矾山就成了一种挑战，成为众生的一种超越，成为心头一方净土，近年引得八方驴友争相前来攀登探险，大矾山上跫音笃笃。

正因攀登的人多了，大矾山才逐渐掀开它神秘面纱。然而，大矾山热度不减，它依然是当地的一座神山。在当地，有人常年匍匐在大矾山上，大矾山成了精神高标，他们还在顶峰竖起红旗，表达对大矾山的敬意，大矾山上四季红旗飘扬，

庄严而肃穆。

　　此时，上空飘来一只苍鹰，舒张，优雅，它傲慢地盘旋在群山之巅。随着那没过天际的身影，眼睛掠过群山，四野辽阔。眺望山下，一切都变小了。不要说山下飞驰的汽车，就连房子甚至村庄都变得不成比例的小。常年生活在山脚下，就像池塘里的一尾鱼，日出连着日落，一头扎进生活的云雾里，不要说看看这个世界，就连眼前的大矾山都鲜敢探步。如今拉开距离俯瞰，让人重新审视生活的真相，忽然有一种释怀人生并和生活和解的冲动。

　　从顶峰回望，四周还有几座山峰环绕，高度相差无几，就像紧挨的高楼，最近两峰间相距不过十余丈远。大矾山过去叫九牙山，是否因这犬牙交错的山峰而得名也未可知。离得虽近，过去却不容易。除了眼前的主峰，其余诸峰都呈筒状，几百米的崖壁令人望而生畏。其实主峰的东南坡也是陡峭的悬崖，只有西北坡山体相对平缓。想必我在灵通望见的就是眼前这高高挺立的诸峰，它们挺拔的身躯一下越过逶迤群山，如满弦的风帆，日夜潜行在天地间。

　　山顶峰峦如簇，底下却是断裂带一样的峡谷地貌。绿荫掩映中的大矾山露出真面目，它是一座高高擎起的巨石，是从大地深处涌起的丰碑，大矾山气象峥嵘，一点也不温顺。这座因盛产明矾而得名的两亿年前古火山，它从大地深处呼啸而起，把头抬向天际，桀骜不驯，野性十足。它和周边所有群山不同，没有臃肿的身躯，至今仍在瘦身，山上的岩石不断风化、脱落，拒绝累赘，抖落多余的尘土，除了岩石还是岩石。方圆百里，它孤峰突起，它拒绝平庸，拒绝妩媚的延绵，拒绝堆砌。它甚至拒绝评价，大矾山至今没留下片言只字。它素面朝天，筋骨毕露，傲视苍穹，直到地老天荒。

　　下山前，再次俯览群峰，我想记下它们挺拔的姿势，直到永远。

火山口下的红锥王

◎ 梦秋痕

南胜镇大矾山火山口下的红锥王
（黄水成 摄）

前阵子，传出南胜大矾山脚下的安石坑山上长着一棵巨大的红锥王，在资讯发达的年代，一经"曝光"，一夜成了网红。

迎着冬日的暖阳前往安石坑。大矾山脚下的安石坑山高林密，车子停在半山腰处，沿进山的石阶徒步朝山上走去，眼前豁然开朗，那井然有序堆砌整齐的石基特别醒目。据说这片柚园以前是一个林姓的村庄——内坑自然村，他们直到前些年才集体搬迁到山下去。顺着柚园再向上走百十步，便走进一片红锥林中。只觉得眼前突然暗了下来，短暂的适应之后才看清这一棵挨着一棵连成一片的红锥林世界。

这些红锥林身姿挺拔，气宇轩昂，争先恐后地踮起脚尖、伸长脖子，努力向密云般的树冠层探出头去，再勇敢地伸出千万只手，接住每一缕阳光，每一滴雨露。它们肩并肩，手挽手，交错而起，结成一片密不透风的红锥林世界。在光线不足的密林中行走，容易生出一些错觉。一抬头，突然觉得有个巨大而模糊的身影，令人心头一紧。再细看，原来它正是此行寻找的红锥王。只见它从地面猛地向上一蹲，十米开外再伸出许多枝干，它们朝四面八方逐级扩散开来，把这片最向阳的坡地牢牢占住。眼睛难以丈量它庞大的身躯，好在旁边有块牌子，清楚记下这棵红锥王的"三围"，树干胸围近两丈，树高十丈，树冠宽十丈，一棵树比一座宅院还高还大，红锥王果真名不虚传。

红锥王四周已围上栅栏。绕着红锥王走一圈，才发现树干上竟然有一个容得下三四个大人站立的树洞，从地面到分杈的主干上，树芯已被蛀空，但它却依然旺盛，着实令人惊奇。红锥是有名的硬木，这样一个巨大的树洞，少说也要历经百年的腐蚀。仔细打量才发现，从主干分出的三个枝干，都不约而同地向山下方向倾斜，可以断定有另一枝干向着上坡方向生长开来。或许是在某次风雨交加的夜里，那棵粗壮的枝干应风折落，它留下一个巨大的伤口，顺着那个伤口，在雨水的侵蚀下，腐烂开始筑窝，风一程、雨一程，在时间的长河中，最后竟被掏空了大半躯干。

一棵树要长成树王是何其幸运，除了赢过同类的竞争，还要经历多少狂风暴雨而不折，经历多少酷暑干旱与严冬霜雪，还要历经病虫侵害而不倒，而且从未遇过山火。而那蛀空的身躯，或许就是一场意外，除了虫害，还有雷电，也包括狂风和暴雨。但还算幸运，毕竟保住了一条命，依然可以坐在"王"的宝座上。出人意料，红锥王竟是一棵人工林，是山下林氏先祖胜元公于明万历三十六年（1608）种下的一棵"定山神树"。

当年，林氏族人为何选择在大矾山脚下肇基香火不得而知。但可以肯定的是，在这如烟囱般耸立的大矾山脚下拓荒垦田绝非易事，这座因盛产明矾而得名的两亿年前古火山，因山势过于险峻，到处是裸露的峭壁。遇上雷雨天气，常有山石滚落。"安石坑"之前叫"崩石坑"，从中便可知此地是何等惊险。要在这样的飞沙走石的地方扎下根基，首要之事便是治山固石，只有远离山石滚落的威胁，族人才能得以安身立命。

从这棵红锥王看见，聪明的林氏族人，他们选择了种树这最难见效，但也是最安妥且一劳永逸的法子。从小树苗长成根系发达的大树需要时间，但无非是熬它个十年八年，顶多二三十年，这和传播香火这样的千年大计相比，以一代人的艰辛换来永世安宁，还是值得的。让高大林木的发达根系扎入地表，扎入岩隙，每一棵树的根系就像一张扎入地表纵横交错的大网，它们不断抓住脚下的砂石泥土，锁住了这些不安分的砂石，满山林木，它们共同在地面下织成一张无比牢固的固定网，而且这张网越织越宽，越织越深，任谁也无法撼动，最终把一山滚落的石头都系在这片红锥林树下。

或许在种下红锥前，他们还先尝试过其他树种，针杉、马尾松甚至毛竹可能都试过，但面对到处裸露的滚石都失败了。在这到处滚落巨石的山体上，或许只有木质坚硬且根系发达的高大林木才能胜任，只有红锥这种适应性强、速生、耐阴且适应酸性土壤的高大常绿乔木才是最好的选择。如今看到这片红锥林就是他们百折不挠后的成功。是400多年前，林氏族人在先祖胜元公带领下，种树治石的成功。他们在距大矾山火山口下方两百丈外种下一片红锥苗，并取名"安石树"，希望用它来镇住这经常滚落的石头。而这批顽强的红锥苗也不负众望，栉风沐雨中，竟有一批树苗存活下来。慢慢地，越来越多挺拔的身影站了起来，站在飞沙走石的山梁上。一定还有崩石时常滚落，这些滚石势不可挡，也定有不少绿色的身影被它砸倒，甚至连根拔起。但这些红锥们就像顽强的战士，它们前仆后继，或许一棵红锥苗倒下去，来年就有十棵红锥重新长出来。一棵挨着一棵，400多年的时光，它们连成了1000多亩的红锥林。曾被寄予厚望的红锥林真成了"定山神树"。大矾山狮下颚下方就再没崩塌过，山脚下的村民再也不受滚石之苦，"崩石坑"也就更名为"安石坑"。

漫山之中，再也见不到一棵可以和锥王比肩的身影，眼前这棵红锥王是何其幸运，当年和它一起守卫这片山地的红锥苗，它们有的夭折在滚石之下，有的可能不幸被暴风雷电击倒，还有的可能败给后来的竞争者。唯有它占据一个向阳的风水宝地，躲过了无数次巨大山石滚落砸来的灭顶之灾，也躲过了数不清的风雨雷电的突然袭击，400多年来它活成了一棵"锥王"，成了这座火山口下的第一批红锥林中的幸存者，它活成了一棵充满无限传播的种子。这棵红锥王演绎了一个物种的传奇，它也见证了一个族群的勇敢与智慧。

图书在版编目(CIP)数据

瓷韵南胜 云上欧寮/吴福强主编. —福州:海峡文艺出版社,2024.6
ISBN 978-7-5550-3744-6

Ⅰ.①瓷…　Ⅱ.①吴…　Ⅲ.①散文集－中国－当代　Ⅳ.①I267

中国国家版本馆 CIP 数据核字(2024)第 106306 号

瓷韵南胜　云上欧寮

吴福强　主编

出 版 人	林　滨
责任编辑	蓝铃松
助理编辑	吴飔茉
出版发行	海峡文艺出版社
经　　销	福建新华发行(集团)有限责任公司
社　　址	福州市东水路 76 号 14 层
发 行 部	0591－87536797
印　　刷	福州力人彩印有限公司
厂　　址	福州市晋安区新店镇健康村西庄 580 号 9 栋
开　　本	720 毫米×1010 毫米　1/16
字　　数	195 千字
印　　张	12.75
版　　次	2024 年 6 月第 1 版
印　　次	2024 年 6 月第 1 次印刷
书　　号	ISBN 978-7-5550-3744-6
定　　价	75.00 元

如发现印装质量问题,请寄承印厂调换